Business, Tango und Liebe

HERBERT W. RICHARD

Business, Tango und Liebe

Bibliografische Information der Deutschen Nationalbibliothek: Die Deutsche Nationalbibliothek verzeichnet diese Publikation in der Deutschen Nationalbibliografie; detaillierte bibliografische Daten sind im Internet über dnb.d-nb.de abrufbar.

TWENTYSIX – der Self-Publishing-Verlag
Eine Kooperation zwischen der Verlagsgruppe Random House und
BoD – Books on Demand
© 2018 Herbert W. Richard
Coverdesign, Satz, Herstellung und Verlag:
BoD – Books on Demand, Norderstedt

ISBN: 978-3-7407-4663-6

Vorwort

Dies ist die faszinierende und spannende Geschichte des erfolgreichen Geschäftsmannes Michael Cronrath und seiner Tochter Katja, die in Argentinien ein neues Leben in sozialer Verantwortung finden.

Eine Señora aus der Führungsschicht von Buenos Aires wird ihr Leben völlig verändern und in eine neue Richtung lenken.

Nach tragischen Ereignissen, die sie überstehen, nutzen sie ihr Vermögen, um armen Straßenkindern wieder ein Zuhause zu geben, und werden damit zum Vorbild. Dabei mischt das Schicksal alles neu und andere Wege eröffnen sich.

Der Leser lernt verschiedene Länder und Städte kennen. Er wird in eine leidenschaftliche Gefühlswelt mitgenommen, bei der nicht Business, sondern Liebe im Vordergrund steht.

Am Ende entsteht eine große Familie, die in eine hoffnungsvolle Zukunft blickt.

Als der Airbus der Lufthansa die graue Wolkendecke über dem Frankfurter Flughafen durchbrach, legten sich die Passagiere entspannt zurück. Der Lufthansa-Flug 1325 mit dem Ziel Buenos Aires war nur halb besetzt. Die wirtschaftlichen Schwierigkeiten Argentiniens und der Nachbarländer zeigten auch hier ihre Auswirkungen.

Nach Erreichen der Flughöhe begann die Crew mit den Vorbereitungen für den ersten Service. Die Stewardess Beate von Hollerbach, eine hochgewachsene Blondine mit traumhaftem Lächeln, betrat den Raum. Vorne, direkt hinter der First Class, servierte sie an diesem späten Nachmittag das erste Getränk und arbeitete sich nach und nach durch die dünn besetzte Business Class.

Fast am Ende entdeckte sie einen Passagier, den sie schon mehrmals auf Flügen nach Südamerika bedient hatte. Der etwa 40-jährige, drahtige und sehr gut aussehende Business-Manager schaute gedankenverloren durch das Flugzeugfenster auf die unter ihm liegende Wolkendecke. Als er Beate von Hollerbach erblickte, hellten sich seine Züge auf und sie begrüßten sich beide wie alte Bekannte.

»Hallo, auch mal wieder dabei heute?«, fragte Beate und strahlte ihn mit einem bezaubernden Lächeln an.

»Ja, ja, ich bin mal wieder eine Woche in Südamerika unterwegs«, entgegnete Michael Cronrath und nahm den Kaffee dankend entgegen.

»Falls Sie noch besondere Wünsche haben, halten wir es wie immer: Sie melden sich.«

»Okay, vielen Dank«, entgegnete er und begann genüsslich seinen Kaffee zu trinken. Dabei gingen seine Gedanken wieder auf Wanderschaft und Sorgenfalten zeichneten sich auf seiner Stirn ab.

Er hatte mit viel Einsatz und Cleverness ein Maschinenbauunternehmen vor dem Untergang gerettet, doch während seine geschäftlichen Erfolge stetig anstiegen, traten in seinem Privatleben immer größer werdende Probleme zutage. Seine Frau, die ihn vor 18 Jahren mit einem Kind überrascht hatte, woraufhin er sie Hals über Kopf heiraten musste, hatte er in den letzten drei bis vier Jahren zunehmend vernachlässigt. Ihrer beider Leben entwickelte sich in verschiedene Richtungen und jeder ging seiner Wege. Als sie ihm dann in diesem Januar mitteilte, sie würde das Haus verlassen und die Scheidung beantragen, überraschte ihn das nicht mehr.

Die Gemeinsamkeiten waren aufgebraucht und von Liebe war keine Spur mehr vorhanden. Ihre 18-jährige Tochter Katja, ein hochgewachsenes, hübsches blondes Mädchen mit einem ungewöhnlichen Liebreiz, war jedoch von der Trennung stark betroffen und hin- und hergerissen zwischen den beiden Parteien.

Nach Erreichen der Volljährigkeit konnte sie entscheiden, bei wem sie zukünftig leben wollte. Michael Cronrath, der seine Tochter über alle Maßen liebte, kämpfte um sie und hoffte, dass sie in seiner Nähe blieb.

Als er noch immer grübelnd dasaß, während es draußen schon dunkel wurde, kam Beate von Hollerbach und servierte das Abendessen.

»Trinken Sie wieder Ihren Merlot, wie üblich?«

»Oh ja, ist nett, dass Sie daran denken. Sie sind ein Engel!«

Als die Stewardess davontänzelte, schauten ihr etliche Fluggäste nach, und man konnte ihren Blicken entnehmen, dass jeder sie bewunderte. Sie hatte eben das gewisse Etwas.

Frauen mit dieser Gabe brauchten nur mit den Fingern zu schnipsen und schon verloren die Männer in ihrer Umgebung den Kopf.

Doch Michael hatte dafür heute keinen Blick. Seine Gedanken blieben auch nach dem zweiten Glas Merlot bei seiner Tochter Katja. Und als er die Flasche geleert hatte, dämmerte er in einen festen, tiefen Schlaf hinüber. Er wurde erst wieder wach, als das Flugzeug sich über südamerikanischem Boden befand. Fast zwölf Stunden Flugzeit waren vergangen, als die Maschine langsam Richtung Buenos Aires abdrehte.

Als sich Michael Cronrath durch die quirlige Menschenmenge am Aeropuerto Ezeiza in Richtung Ausgang bewegte, sah er schon von Weitem das freudige Winken seines Agenten und Freundes Fernandez Martinez-Lopez, der ihm in überschäumender Freude entgegeneilte.

»Hola, qué tal, Michael?«

»Gracias, y tú?«

Beide fielen sich in die Arme, wie es nur alte Bekannte und Freunde für gewöhnlich tun. Sie kannten sich schon seit Jahren.

Als Michael das erste Mal in Südamerika war, hatte ihm Fernandez die Wege dort geebnet und ihn mit den einflussreichen und staatlichen Stellen zusammengebracht. Fernandez hatte in Saragossa und Aachen studiert und sprach ein hervorragendes Deutsch. Deshalb unterhielten sich beide gewöhnlich in deutscher Sprache.

Die Freunde strebten dem Ausgang entgegen und setzten sich in den Range Rover. Fernandez fuhr in Richtung Innenstadt und steuerte den Stadtteil Palermo an.

Wie immer stieg Michael im Hotel *Cristoforo Colombo* ab, das direkt am Messegelände lag. Dort fühlte er sich sicher und heimisch. Als er aus dem Auto stieg, rief Fernandez ihm nach: »Adios, hasta mañana!«

Wie gewohnt wollte Michael den ersten Abend in Ruhe verbringen, durch die engen Straßen des italienischen Viertels Palermo gehen und bei seinem Freund Badegas noch ein großes Bife de Lomo verspeisen. Jetzt im März war der Sommer fast zu Ende und als Europäer konnte man die Temperaturen sehr gut aushalten.

Am folgenden Morgen um sieben Uhr, für südamerikanische Verhältnisse mitten in der Nacht, frühstückte Michael Cronrath auf seinem Zimmer und arbeitete bereits an seinem Laptop, um sich auf die nächsten Stunden vorzubereiten. Alle Angebote, Maschinenkonfigurationen, Vertragstexte waren hier gespeichert und konnten von ihm jederzeit abgeändert werden. Ohne seinen Laptop fühlte er sich bei Verhandlungen und Gesprächen unsicher. Deshalb hütete er ihn wie seinen Augapfel.

Als Fernandez ihn abholte, war die quirlige Stadt bereits mit Verkehr überfüllt. Das Hupkonzert und die quietschenden Reifen an jeder Ampel waren hier Normalität. Sie fuhren die 140 Meter breite und aus zwölf Spuren bestehende Avenida Nuevo de Julio entlang und bogen dann in die Avenida de Mayo ab.

An der Plaza de Mayo befand sich das Geschäftshaus des einflussreichen Bauunternehmers Enrico Americo Gualtori, der den ehemaligen Präsidenten Menem zu seinen Freunden zählte. Große Infrastrukturmaßnahmen, wie Stauseen, Brücken, Fernstraßen, waren die Projekte des Baukonzerns, den Gualtori aus dem Nichts gestampft hatte.

Bevor sie in die mächtige Eingangshalle des prächtigen Gebäudes gingen, sagte Fernandez mit einem Augenzwinkern: »Michael, schau dir die *Chica* an der Rezeption an! Die wird dir den Atem rauben.«

Hinter dem Tresen der Eingangshalle stand die von Fernandez beschriebene Schönheit. Eine Argentinierin mit dunkelbraunem bis schwarzem Haar, das hinten zusammengehalten wurde. Ihr Rock, um eine Nummer zu kurz und zu eng, betonte ihre fantastische Figur, genauso wie ihre Bluse, die um einen Knopf zu weit geöffnet war. Das Blitzen in ihren Augen nahm den beiden Männern fast den Atem, und sie hatte eine Stimme, die jeden umhaute.

»Hola, qué tal, Señor Cronrath?«

Michael reichte ihr die Hand, als ob er ihr einen Handkuss geben wollte, verbeugte sich kurz und erwiderte auf Spanisch, dass er sich freue, wieder in Buenos Aires zu sein.

»Señor Gualtori wartet auf Sie«, sagte die glutäugige Schönheit und begleitete sie im Aufzug nach oben.

Gualtori hatte im obersten Stockwerk, über den Dächern von Buenos Aires, sein Loft. An der schweren Eichentür war das in Gold gehaltene Schild »Presidente Enrico Americo Gualtori« befestigt.

Als die Tür aufging, kam ihnen ein Mann entgegen, der jeden sofort beeindruckte. Trotz seiner enormen Körpermasse bewegte er sich elegant und leichtfüßig, was bei einem so großen Menschen verwunderte. In einen dunkelblauen Nadelstreifenanzug gekleidet, der in Mailand geschneidert wurde, kam er mit einem strahlenden Lächeln auf die beiden zu.

»Buenos días, muchachos!« Er streckte ihnen die Hand entgegen.

Michael wusste, dass er sich nicht täuschen lassen durfte. Gualtori gab sich stets sehr offen und freundlich, aber er war ein knallharter und raffinierter Geschäftsmann, der zu allen Mitteln griff, um seine Ziele durchzusetzen.

Als die Dolmetscherin hereinkam, begann das Gespräch, welches sachlich und präzise auf den Kern des Besuches gelenkt wurde.

Es ging um eine große Infrastrukturmaßnahme, den *Canal Federal*, der die großen Städte mit Trinkwasser versorgen sollte. Dieses Projekt würde von der Weltbank finanziert werden und Gualtori war der Auftrag bereits versprochen worden. Michael Cronrath sollte hierfür seine Spezialmaschinenanlagen für Kunststoffrohre liefern, mit denen die drei Meter langen Rohre mobil an der Strecke gefertigt werden konnten.

Es war ein Superprojekt, eines der größten in Südamerika derzeit. Und Michael wusste: Wo immer viel Geld im Spiel war, musste besonders hart gerungen werden, um sich im weltweiten Wettbewerb durchzusetzen.

Nach vier Stunden zähen Verhandlungen, in denen keine konkreten Ergebnisse erzielt wurden, verabredeten sie sich für den Abend in einem Restaurant in San Telmo, das besonders von der herrschenden Oberschicht frequentiert wurde.

In San Telmo hatte man die ehemaligen Hafenanlagen und Lagerhäuser umgebaut und sie in eine noble Freizeitanlage mit hervorragenden Restaurants verwandelt. Es war immer interessant, hier zu sitzen und den schönen Blick auf den Hafen zu genießen.

Sie hatten vereinbart, dass an diesem Abend nur Enrico und Michael zusammen essen sollten, damit man zwanglos über die Hintergründe und die Gelder, die in die verschiedensten Bereiche hineinfließen mussten, sprechen konnte.

Als Michael seinen Platz einnahm, war Enrico noch nicht da. Der schwarz gekleidete Kellner fragte ihn, ob er vorab einen Aperitif und eine kleine Vorspeise servieren könne. Michael entschied sich für einen Aperitif, denn er wusste, dass die »kleinen« Vorspeisen hier aus einem Beefsteak oder einem anderen Fleischstück bestanden, was einem Europäer schon als Abendessen genügte.

Als er genüsslich an seiner Caipirinha nippte, kam ein junger Mann an seinen Tisch. Es war Gualtoris Sekretär.

»Buenas tardes, Señor Cronrath! Ich muss Ihnen leider ausrichten, dass der Patron heute Nachmittag nach Córdoba fliegen musste. Sie sind eingeladen, heute Abend auf der Farm des Patrons an einem Fest teilzunehmen. Die Señora und einige Gäste erwarten Sie bereits.«

Die Farm lag abseits von Buenos Aires und hatte einen riesigen Viehbestand, der sich auf den 20 Quadratkilometern Land verteilte. Als Michael mit seinem Range Rover das hell erleuchtete Farmhaus erreichte, wurde er augenblicklich an das Gebäude des Denver-Clans erinnert.

Beim Eintreten in die große Halle vernahm er das laute Stimmengewirr der versammelten Gäste, die sich auf eine typisch italienisch-spanische Art unterhielten, in der Freude und Ausgelassenheit lag. Der Sekretär begleitete ihn in die Mitte des mit mehreren Kronleuchtern erhellten Raumes, in dem sich ca. 30 Gäste befanden.

Inmitten dieser Gäste, die alle aus der Oberschicht der

argentinischen Bevölkerung stammten, sah er eine etwa 35-jährige Frau stehen, die ihn sofort mit ihren Blicken gefangen nahm. Mit ihrem schwarzen Kleid, die Haare nach hinten gekämmt und in einem kleinen Pferdeschwanz zusammengehalten, vermittelte sie das typische Bild einer Tangotänzerin. Das schwarze Haar fiel in leichten Wellen nach unten, die Wangenknochen waren etwas hochgezogen. Ihre fast grünen Augen und ihr Mund, der mit samtweichen Lippen ausgestattet war, zogen ihn sofort in den Bann.

Als sie auf ihn zukam, sah er, wie graziös und anmutig sie sich bewegte. Der Sekretär sagte mit einer leichten Handbewegung in seine Richtung: »Señora, darf ich Ihnen unseren deutschen Freund Michael Cronrath vorstellen? Señor Michael Cronrath, Señora Maria Emilia Gualtori.«

Artig ergriff er ihre Hand und drückte einen Handkuss, mehr in der Manier der österreichisch-kaiserlichen Art, darauf. Sie sagte, zu seiner Überraschung in perfektem Deutsch: »Herzlich willkommen auf unserer Farm. Ich darf mich zunächst für meinen Mann entschuldigen, dass er so plötzlich für die Firma nach Córdoba musste. Ich hoffe, Sie werden sich mit unseren Gästen nicht langweilen. Ich freue mich, Sie einmal persönlich kennenzulernen. Kommen Sie, ich mache Sie bekannt mit einigen wichtigen Leuten, die sich heute hier befinden.«

In der nächsten halben Stunde gingen sie von Gruppe zu Gruppe und sie stellte ihm die Anwesenden vor, die interessierte Fragen an den deutschen Geschäftsmann stellten. Das wichtigste Thema war natürlich, ob sich Europa an der Lösung der wirtschaftlichen Probleme Argentiniens beteiligen würde und entsprechend bei der Weltbank intervenieren würde. Michael antwortete zuvorkommend und höflich auf alle Fragen, aber seine Blicke suchten immer wieder Maria Emilia Gualtori, die ihn mit einem leicht tänzelnden Schritt begleitete und ihn immer mehr gefangen nahm.

»Mein Gott, was hat dieser Gualtori für eine Frau!«, dachte Michael.

Sie hatte Charme und Liebreiz, und wenn sie sich einem Gast zuwandte, dann beeindruckte sie durch die Eleganz und Selbstsicherheit einer stolzen Señora. Die perfekte Gastgeberin.

»Für eine solche Frau hatte man früher Kriege begonnen«, dachte Michael und folgte ihr weiter durch die Reihen der Gäste.

Von der Terrasse aus sah man draußen zwei große Holzfeuer lodern, die, wie in Argentinien typisch, zum Grillen von Fleisch angezündet waren. Unzählige Lammhälften wurden an diesen Grill gelehnt.

Alle Gäste standen nun auf der Terrasse und schauten zu, wie die Bediensteten sich bemühten, das Fleisch zu den Tischen zu bringen. Als jeder seinen Platz eingenommen hatte, begann ein Mahl, das es so eigentlich nur in Argentinien gab: Fleisch in allen Variationen, verschiedenes Gemüse und Früchte, gegrillt und schmackhaft mit Kräutern angemacht. Dazu argentinischen Rotwein, dessen Qualität kaum zu überbieten war.

Michael hatte seinen Platz neben der Señora eingenommen und ließ sich verschiedene Fleischvariationen von ihr erklären.

Als alle mit ihrem Essen beschäftigt waren, wurde es auf einmal laut. Man hörte erregte Rufe und Wortfetzen, die Michael nicht zu deuten wusste. Und plötzlich standen in der Halle vier maskierte Männer, die, ohne jegliche Vorwarnung, auf die Gäste feuerten.

Es entstand ein unbegreifliches Chaos: Menschen schrien, Schüsse dröhnten und Pulverdampf lag im Raum. Michael machte in dieser Situation instinktiv das Beste, was er tun konnte und womit er Maria Emilia Gualtori schließlich das Leben rettete. Er stieß den großen Tisch um, riss die Tischnachbarin mit nach unten und legte sich mit ihr hinter die dicke Holzplatte. Schüsse, die in diese Richtung gingen, prallten an der Platte ab und erreichten so nicht ihr Ziel.

In die Schießerei griffen nun die Sicherheitskräfte des Hauses ein, die das Feuer erwiderten und einen der Angreifer unschädlich machten. Die übrigen drei ergriffen danach sofort die Flucht, und so plötzlich wie der Spuk begonnen hatte, war er auch wieder vorbei. Zurück blieben Menschen, die sich vor Schmerzen auf dem Boden krümmten, andere lagen regungslos da.

Maria Emilia Gualtori hatte eine kleine Wunde am unteren Beinbereich, die wohl von einem Holzstück stammte, aber nicht gefährlich aussah.

Michael half ihr auf und sah in ihr fassungsloses Gesicht. Sie war bleich, zitterte am ganzen Körper und stammelte: »Mein Gott! Diese Verbrecher!«

Als die ersten Ambulanzwagen eintrafen, nahm sie Michael am Arm und flüsterte ihm zu: »Kommen Sie! Ich muss hier weg! Ich bin an diesem Ort nicht mehr sicher.«

Sie ging in den Privatbereich des Hauses und kam wenig später zurück mit einer Tasche, in der einige persönliche Habseligkeiten eingepackt waren.

Sie liefen eilig zu Michaels Range Rover und verließen mit hoher Geschwindigkeit die Farm in Richtung Santa Rosa.

Beide sagten kein einziges Wort, der Schock des soeben Erlebten saß noch zu tief.

Als sie an einer Tankstelle vorbeikamen, von denen es nur sehr wenige auf dieser Strecke gab, tankten sie das Auto voll. Und nachdem sie bereits wieder die Fahrt fortgesetzt hatten, ergriff Maria Emilia Gualtori Michaels Arm und flüsterte: »Lassen Sie uns auf einem Parkplatz anhalten. Ich muss Ihnen viel erzählen.«

Was sie ihm dann, zuerst stockend, offenbarte, konnte er fast nicht glauben.

»Mein Mann steckt hinter dieser grässlichen Geschichte heute Abend. Er hat schon einmal versucht, mich umzubringen.«

Michael fragte fassungslos: »Warum?«

»Er ist wirtschaftlich am Ende. Sein Imperium wankt und braucht unbedingt frisches Kapital.«

»Aber warum will er Sie dann umbringen?«

Sie zögerte eine Weile, bevor sie begann: »Ganz einfach. Er will an mein geerbtes Vermögen, an das er nur herankommt, wenn ich ihn beerbe. So einfach stehen die Dinge«, sagte sie.

Michael entgegnete: »Das heißt, dass Sie sich stets in Lebensgefahr befinden. Sie müssen eine schreckliche und angsterfüllte Zeit hinter sich haben.«

Sie nickte stumm und begann am ganzen Körper zu zittern. Und unter Schluchzen sagte sie: »Das erste Opfer war meine Schwester, die mit mir verwechselt wurde und darum sterben musste.«

Das ganze Leid und die ertragenen Schmerzen der letzten Zeit kamen nun in ihr hoch. Endlich hatte sie jemanden gefunden, dem sie sich anvertrauen konnte, in dessen Gegenwart sie keine Hand vor den Mund nehmen musste und der vor allem nicht in enger Verbindung zu Gualtori stand.

Sie ließ ihren Tränen freien Lauf und er nahm sie behutsam in seine Arme, strich ihr das Haar aus der Stirn und trocknete ihr die Tränen. Sie legte ihren Kopf an seine Brust und schmiegte sich wie ein kleines Kind an ihn.

So lagen sie eine ganze Zeit auf den breiten Sitzen des Range Rovers, der ihnen in dieser Nacht als Lager diente. Und es geschah nun das, was eigentlich immer passiert, wenn Menschen so nahe beisammen sind und ein großer Kummer sie einander näherbringt.

Durch die Berührungen und liebevollen Gesten entstand eine intime Situation voller Zärtlichkeit. Und als sie ihren Mund an ihren presste und die Leidenschaft sie beide ergriff, verschwanden die Schatten des heute Erlebten und es blieben nur sie beide. Zwei Liebende in der dunklen Nacht, in der weiten Pampa von Argentinien.

Ihre Körper bewegten sich im Rhythmus ihrer Gefühle und gerieten in Ekstase. Sie öffnete sich Michael, wie man es leidenschaftlicher nicht tun konnte. Immer wieder küssten und liebten sie sich, bis der Morgen dämmerte und sie erschöpft und befriedigt einschliefen.

Als die Sonnenstrahlen sein Gesicht berührten, wachte Michael auf und sein erster Blick galt dem leeren Beifahrersitz. Er schaute durch die offene Tür und sah Maria Emilia dort stehen. Ihr Haar war offen und fiel im leichten Wind nach hinten zurück.

Ihr Standplatz war etwas erhöht, sodass sie einen wunderschönen Blick auf die La Pampa hatten, die sich über Hunderte von Kilometern ausdehnte.

Maria Emilia sagte gedankenverloren: »Das ist das Land, das ich liebe. Die unendliche Weite und grenzenlose Freiheit, die es uns bietet. Ihr seid in Europa doch eingesperrt zwischen euren Hochhäusern und Städten.« Sie trat auf ihn zu und küsste ihn. »Wir müssen los, damit wir vor Mittag noch in Santa Rosa ankommen. Dort können wir für einige Tage bei meiner Freundin bleiben.«

Als sie auf der endlosen Straße durch die La Pampa fuhren, machte Maria Emilia einen glücklichen und zufriedenen Eindruck. Ja, sie strahlte sogar ein wenig Fröhlichkeit aus. Und als sie das Radio einschaltete, erklangen die typischen Melodien des modernen Tangos, der die Seele der Argentinier berührte.

Der bekannte Komponist Enrique Santos Discépolo sagte einmal: »Tango ist ein trauriger Gedanke, den man tanzen kann.« Diesem Gedanken hingen beide nun nach, während sie sich die große Frage stellten, wie es wohl weitergehen würde.

Die Ranch der Señora Carmen del Vereno lag nördlich von Santa Rosa und hatte eine Zufahrt mit einer wunderschönen Baumallee, die im großen Hof des Ranch-Hauses endete.

Die Dame des Hauses umarmte und küsste Maria Emilia so herzlich, wie Michael es selten gesehen hatte. Beide waren sehr gute Freundinnen und vertrauten sich gegenseitig. Auch Michael begrüßte die Señora artig.

Mittags saßen sie in einer kleinen Runde beim Essen, das hervorragend schmeckte. Danach zogen sich alle in ihre Schlafgemächer zurück, da es in diesem Teil des Landes wesentlich heißer war als unten in Buenos Aires.

Am späten Abend fuhren sie zu dritt nach Santa Rosa und die Señora lud sie zum Essen in eines der schönsten und idyllischsten Grilllokale der Stadt ein. Im Eingangsbereich, außerhalb der Eingangstür, wurden Lämmer und Rinderhälften auf glühender Holzkohle gegrillt. Man saß in einem großen Saal mit Deckenlüftern und gegen 22 Uhr war jeder Platz besetzt.

Sie hatten sich einen Tisch in der Ecke genommen, da sie auch hier mit Spionen rechnen mussten, die im Auftrag Gualtoris hinter Maria her waren. Um Mitternacht erfüllte ein Tangoorchester den Raum mit sehnsuchtsvoller, trauriger Musik und Maria schmiegte sich ein wenig näher an Michael. Sie legte den Kopf an seine Brust und eine Träne rollte über ihre Wange, als sie der wehmütigen Stimme des Tangosängers lauschte: »Sueño con el pasado que añoro, el tiempo viejo que hoy lloro, y que nunca volverá.« (Jetzt träume sehnsüchtig von der Vergangenheit, weine die alte Zeit, die niemals wiederkommen wird.)

Unter dem Tisch hielten sie sich an den Händen, sodass es die anderen nicht bemerkten, und dachten beide nur an ihre gemeinsame Zukunft.

Als sie in der Nacht auf Fußspitzen in sein Zimmer schlich und sich im Bett nackt an ihn schmiegte, da löste sich ihre ganze Leidenschaft, die sich während des Tangoabends aufgebaut hatte. Sie übernahm die Führung und es war wohl die schönste Liebesnacht, die beide je erlebt hatten.

Am frühen Morgen tranken sie auf der Veranda ein wenig Kaffee. Das eher karge Frühstück endete schnell, wie es in Argentinien üblich war.

Als Michael sich gerade erheben wollte, läutete sein Handy.

»Ah, sicher mein Freund Fernandez, der wissen will, wo ich jetzt stecke«, sagte er und nahm den Anruf an.

Es erklang aber eine weibliche Stimme: »Hallo, Michael, hier ist Hanna.«

Er bekam ein ungutes Gefühl. Es kam fast nie vor, dass seine Schwester ihn während einer Geschäftsreise anrief.

»Ich war soeben im Krankenhaus«, sagte Hanna. »Katja hatte einen Unfall. Aber bitte erschreck nicht. Sie hat Glück gehabt, nur ein Bein gebrochen. Und wie du sie kennst, möchte sie dich sehen. Es wäre gut, wenn du so schnell wie möglich zurückkommen könntest. Melde dich im Krankenhaus und notiere dir bitte die Durchwahl der Station.«

Michael brauchte einen Moment, um den Schreck zu überwinden, und fing stotternd an zu fragen: »Wie ... wie ist das passiert?«

»Na ja, sie war mit ihrem Freund auf der neuen Suzuki unterwegs, dann sind sie auf einer Ölspur ins Rutschen geraten, in der Kurve. Beide hatten großes Glück.«

»Okay, Hanna, ich werde zurückfahren nach Buenos Aires und melde mich dann. Danke für deinen Anruf.«

Maria hatte schon an seinem sorgenvollen Gesicht gesehen, dass er eine schlechte Nachricht empfangen hatte, und wandte sich ihm zu: »Ist etwas passiert?«

»Ja, meine Tochter liegt im Krankenhaus.«

»Dios mío! Und nun? Was willst du tun?«

»Ich werde unter diesen Umständen nach Deutschland zurückfliegen, um meiner Tochter beizustehen.«

Nach einem kurzen Telefongespräch mit der Fluggesellschaft buchte er den Rückflug nach Frankfurt für übermorgen. Er beschloss, schon am nächsten Morgen Richtung Buenos Aires aufzubrechen.

Der Abend war für alle still und traurig und es wurde nicht viel gesprochen.

Nach dem Abendessen schlich er sich in das Zimmer von Maria Emilia. Beide lagen die ganze Nacht eng umschlungen zusammen.

Am frühen Morgen nahmen sie gemeinsam das Frühstück ein und sie wirkte relativ ruhig und gefasst.

»Mi Amor, du musst es tun. Es ist richtig, nach Deutschland zurückzugehen. Denk bitte nicht an meine Situation. Ich habe Freunde und werde schon klarkommen.«

Er nickte still und sagte dann: »Wir werden uns wiedersehen und eine wundervolle Zeit miteinander verbringen.«

Vor dem Range Rover nahm er sie noch einmal fest in seinen Arm. Er sah in ihre grünlichen Augen und küsste sie innig und fest.

»Adios. Te quiero«, sagte sie und Tränen kullerten ihr die Wangen hinunter.

Sie winkte noch, als die Staubwolke schon die Piste Richtung Buenos Aires verschlungen hatte.

Im Hotel *Cristoforo Colombo* erwartete ihn Fernandez bereits, der aufgeregt auf ihn zukam: »Amigo, was machst du für Sachen?«

Er entgegnete: »Ich? Du meinst, was macht Gualtori für Sachen?«

Fernandez zog ihn zur Seite, sodass das Hotelpersonal das Gespräch nicht mitverfolgen konnte. »Ich habe gehört,

Gualtori wird von der Polizei vernommen«, flüsterte er leise und fügte hinzu: »Man sagt auch, dass er in Untersuchungshaft kommen wird.«

Am späteren Abend gingen die beiden Freunde und Geschäftspartner in ihr großes Stammlokal in Palermo, das sie mit Geschäftsfreunden immer besuchten. Im *Rio Alba* wurden sie von den Kellnern freundlich begrüßt: »Buenas tardes, señores!«

Und wie immer hatten sie einen der besten Tische mit Rundblick.

Michael erzählte Fernandez die ganze Geschichte und schloss mit dem Satz: »Bitte sprich mit niemandem darüber und wirf ein Auge auf die Señora. Falls sich hier was tut, ruf mich bitte sofort in Deutschland an.«

»Amigo, das ist doch Ehrensache. Lass uns heute Abend nicht traurig sein. Ich lade dich nachher in unser Lieblingstangolokal ein, ins *Estrella*!« Fernandez sang scherzhaft: »Esta noche me emborracho bien!«, und er lachte dazu wie ein Jugendlicher, der zum ersten Mal ausgeht.

Als sie im *Estrella* saßen, das sich im Viertel Palermo befand, und den Tänzern zuschauten, waren beide wieder in ihrem Element. Und als dann die Geigen jammerten und die melancholische Musik des Tangos erklang, vergaßen sie ihre trüben Gedanken. Die getanzte Leidenschaft und die Sehnsucht erzeugende Wirkung des Tango Argentino nahm sie gefangen.

Zu späterer Stunde wurde Michael wieder wehmütig, als er dem Tangosänger zuhörte: »… una cancion que va la tristeza que me duerma y que me hace autárquicos. Yo debido cariño me.« Michael dachte an Maria Emilia, die er jetzt sicher einige Wochen nicht sehen würde. Und er dachte an die Gefahr, in der sie sich befand, und dass er ihr nicht beistehen konnte.

Am nächsten Morgen brachte ihn Fernandez zum Flughafen.

Den Rückflug nutzte Michael, um am Laptop noch einige Dinge zu bearbeiten und sich auf seine geschäftlichen Verpflichtungen vorzubereiten. Seine Gedanken wanderten aber zwischen Maria Emilia und seiner Tochter Katja hin und her.

Die Maschine landete planmäßig in Frankfurt und er ließ sich sofort von einem Taxi zum nahen Krankenhaus bringen.

Als er mit einem bunten Blumenstrauß das Krankenzimmer betrat und seine Tochter ihn erblickte, da fingen beide zugleich zu lachen und zu weinen an. Er nahm sie in seine Arme und bedeckte ihr Gesicht mit zahlreichen Küssen.

»Mein Gott, steht dir das Gipsbein gut! Kein Wunder, dass dich jeder auf seinem Motorrad mitnehmen will!«, sagte er lachend.

Beide hatten sich viel zu erzählen, und als die Nachtschwester ihren Kopf ins Zimmer streckte und leise sagte: »Ja, auch Kranke sollten mal schlafen!«, verabschiedete er sich und fuhr in seine Villa in Bad Homburg.

Seit er alleine darin wohnte, erschien ihm das Haus viel zu groß. Und als er den Eingangsbereich durchschritt, hatte er das Gefühl, dass es ihm fast schon fremd geworden war.

In den nächsten Wochen besuchte er Katja regelmäßig im Krankenhaus, ordnete seine Geschäfte und dachte immer wieder an seine Erlebnisse in Argentinien.

Er wartete insgeheim auf ein Zeichen von dort, um wieder Kontakt mit Maria Emilia Gualtori aufnehmen zu können.

Nach der vierten Woche hatte er immer noch keine Nachricht erhalten, sodass er schon das Schlimmste befürchtete. Eine starke Sehnsucht ergriff ihn und ließ ihn nicht mehr zur Ruhe kommen.

Am Ende dieser Woche holte er Katja im Krankenhaus ab. Obwohl sie fast schon 19 war, nahm sie ihn vor allen Leuten auf der Station in den Arm und küsste ihn auf den Mund.

»Komm, lass uns heute nach Frankfurt shoppen gehen und danach was Leckeres zusammen essen«, sagte sie. Beschwingt hakte sie sich bei ihm unter. »Ich kenne da eine super Pizzeria. Erste Klasse!«

Nach dem Essen bestellten sie noch einen Cappuccino, dann läutete Michaels Handy. Als er die Stimme am anderen Ende hörte, wurde er fast starr vor Überraschung.

»Buenos días, Michael. Ich wollte dir nur sagen, dass es mir gut geht und ich mittlerweile im Ausland bin. Aus Sicherheitsgründen kann ich dir jetzt die Anschrift nicht am Telefon sagen. Du bekommst nachher ein Fax in dein Büro. Diese Nummer kannst du dann anrufen. Es würde mich sehr freuen, wenn wir uns bald in die Arme schließen könnten. Te quiero!«

Als er etwas sagen wollte, riss die Verbindung ab.

Katja sah ihn an und fragte: »War sie es?«

»Ja, endlich eine Nachricht!«

Abends im Büro wartete er lange, bis der Faxdrucker ansprang und das ersehnte Papier ausspuckte. Es war eine

Telefonnummer in Miami Beach, die Michael umgehend anrief.

Dort meldete sich eine weibliche Stimme und sagte: »Señora Maria Emilia Gualtori hat mich informiert, Señor Cronrath. Schreiben Sie bitte folgende Adresse mit.«

Sie nannte ihm eine Anschrift in San Juan, der Hauptstadt von Puerto Rico.

»Die Señora würde sich sehr freuen, wenn Sie sie bald dort besuchen würden. Geben Sie ihr dann eine Nachricht, damit sie Sie am Flughafen abholen kann. Haben Sie noch Fragen?«, fragte sie in einem gebrochenen Deutsch.

»Nein danke, ich habe alles notiert und rufe dann an, sobald ich den Flug gebucht habe.«

Am nächsten Tag ließ er sich im Reisebüro sofort den nächsten Flug nach Puerto Rico geben, der über Miami Beach ging. Und als er endlich im Flugzeug saß, war er ungewöhnlich nervös und ungeduldig.

Nach mehr als elf Stunden landete die Maschine auf dem Flughafen San Juan. Die aussteigenden Passagiere wurden von der schwülwarmen Luft der Insel fast erdrückt und eilten in die klimatisierte Flughalle.

Die Abfertigung ging sehr schnell vonstatten, und als Michael gerade in ein Taxi steigen wollte, sah er sie im letzten Moment etwas weiter entfernt vor ihrem Wagen stehen.

»Mein Gott«, dachte er überwältigt, »sie ist noch schöner geworden.«

Sie hatte inzwischen eine Urlaubsbräune angenommen, die ihr ausgezeichnet stand, und ihr Haar glänzte in der karibischen Sonne.

Als sie sich in die Arme nahmen, brachten beide kein Wort über die Lippen. Sie setzte den großen Geländewagen in Bewegung und er konnte nicht den Blick von ihr wenden.

»Jetzt fange ich wieder wirklich zu leben an«, sagte sie zu ihm. »Du hast mir unendlich gefehlt. Die Angst, die ich in Argentinien ausstehen musste, und die mehr oder weniger organisierte Flucht nach Miami, es waren schon Tage des Grauens. An jeder Straßenecke vermutete ich meine Verfolger und zum Schluss habe ich mich im Zimmer eingeschlossen. Ich hatte eine Pistole unter meinem Kopfkissen liegen. Aber jetzt bist du da und es ist vergessen.«

Er erzählte ihr auf der Fahrt von Katja, die sie auch herzlich grüßen ließ, und er überreichte ihr ein Bild von ihr, auf dem sie auf dem Motorrad zu sehen war.

Der Wagen erreichte das Portal eines Ranch-Hauses, das nur zwei Kilometer vom Meer entfernt inmitten einer wunderschönen grünen Landschaft lag. Es war eine der typischen Pferderanches, die sich reiche Puerto Ricaner errichtet hatten, um dort ihre Freizeit zu verbringen.

Das Haus hatte Maria Emilia von einer Tante geerbt und es war geschmackvoll von ihr umgestaltet worden. Ein Hausmeisterehepaar wohnte in einem etwas entfernter gelegenen Gebäude und die Stallburschen, die die Pferde betreuten, fuhren jeden Abend wieder in ihre Dörfer zurück.

Das Schönste an diesem Haus war die große langgestreckte Veranda, die man vom Wohnzimmer, aber auch von fast allen anderen Zimmern begehen konnte. Man hatte von dort aus einen Blick auf das große weite Land, mit dem satten Grün der Karibik, bis zur Küste.

Es ging hier immer ein leichter Wind, der vom Meer kam, sodass man die heiße Schwüle dieser Insel gut ertragen konnte.

Die erste Dusche nach dem langen Flug war für Michael wie ein kleines Stückchen vom Paradies. Er konnte von dem Wasser gar nicht genug bekommen. Danach hüllte er sich in das große Badetuch und legte sich entspannt auf den bereitgestellten Stuhl auf der Veranda.

Maria Emilia reichte ihm eine Caipirinha und beide prosteten sich zu. Die lange Trennung und der schöne Sonnenuntergang, der nun eingesetzt hatte, die warme laue Luft der Karibik, die zarte Haut von Maria Emilia und der verführerische Duft, den sie ausstrahlte, verfehlten nicht ihre Wirkung.

Wie ausgehungert fielen beide übereinander her und wälzten sich auf der Terrasse, sie verloren völlig das Gefühl für ihre Umgebung. Als sich die aufgestaute Leidenschaft langsam entladen hatte und beide mit keuchendem Atem nebeneinanderlagen, stützte er sich auf seine Ellenbogen und sah ihr tief in die Augen. Er küsste sie und sagte: »Maria, diesmal müssen wir für immer, für die Ewigkeit zusammenbleiben. Ich werde dich nie mehr alleine lassen. Die vier Wochen in Deutschland haben mir gezeigt, dass ich ohne dich nicht mehr leben kann. Ich habe mich unendlich in dich verliebt. Du bist die Frau, die ich gesucht habe und die mir in meinem Leben immer gefehlt hat.«

Sie legte ihm den Finger auf den Mund und sagte: »Pssst, in Argentinien gibt es ein Sprichwort, das heißt: Der Puma ist erst erlegt, wenn er vom Baum fällt. Es wird noch ein weiter Weg sein, bis wir für immer zusammen sein können. Bedenke, dass ich noch mit einem Gualtori verheiratet bin, der mir auf den Fersen ist.«

Und mit einem Schlag war Michael wieder in der Wirklichkeit angekommen, die brutal und gefährlich war.

Trotzdem waren die folgenden Wochen die schönsten ihres Lebens. Sie schwebten auf einer Wolke des Glücks, der Unbeschwertheit und Ausgelassenheit, inmitten von Menschen, die sich keine Sorgen um das Morgen machten.

Hier in der Karibik herrschte noch nicht die Hektik und Betriebsamkeit der westlichen Industrienationen. Die Puerto Ricaner hatten sich noch etwas von der ursprünglichen Art des Lebens bewahrt, obwohl die Amerikaner ihren Einfluss immer mehr ausübten.

Diese heitere und sorglose Atmosphäre übertrug sich auch auf den Tagesablauf von Maria und Michael. Ihre Tage auf Puerto Rico waren getragen von der Glückseligkeit frisch Verliebter. Sie genossen das üppige Leben der Karibik, mit seinen paradiesischen Stränden und den Sonnenuntergängen, die man nie vergisst.

Nach den Ausritten quer durch das grüne Inselreich liebten sie sich unter mächtigen Bäumen, die wie Leuchttürme in den Himmel ragten. Ihre Körper wälzten sich im Sand einer verträumten Bucht, und sie flüsterte ihm »El Paradiso« ins Ohr, wenn sie ihren Körper auf dem seinen wie eine Schlange hin und her bewegte und eine Ektase nach der anderen sie erfasste.

Exkursionen in die herrliche Unterwasserwelt des vorgelagerten Riffs gehörten zum täglichen Programm. Hunderte bunter Fischschwärme aller Größenordnungen und Farben waren hier zu bestaunen. Sie tauchten in die unergründlichen Spalten und Höhlen des Riffs und wurden auch zuweilen von einigen Haien bei ihren Schnorchelausflügen begleitet.

Maria zeigte dabei überhaupt keine Furcht, obwohl sie fast von einer Moräne gebissen wurde. Beide fühlten sich völlig sicher hier auf Puerto Rico, in ihrem kleinen Paradies. Argentinien und die von dort drohende Gefahr waren weit von ihnen entfernt und aus ihrem Gedächtnis verbannt.

»Liebster«, flüsterte sie dann in ihrem Glücksgefühl, »lass uns hierbleiben und nie mehr fortgehen. Nur wir beide, Puerto Rico, die Hazienda und die Liebe sollen unser Leben sein.«

Er nickte zustimmend, nahm sie in seine Arme und antwortete: »Für immer und ewig, versprochen Señora!«

An den Abenden speisten sie gewöhnlich in *Pablos Seafood-Bar*, in der man nicht nur vorzüglich essen konnte, sondern auch alle Neuigkeiten vom Leben auf der Insel erfuhr. Gelegentlich nahm Pablo am späten Abend seine Gitarre und sang mit seiner tiefen Stimme die typischen Songs der Karibik.

Einmal in der Woche fuhren sie in die Innenstadt von San Juan, wo Maria Emilia ihre Bankgeschäfte mit Miami abwickelte und Michael E-Mails in sein Office nach Frankfurt absetzte.

Katja schrieb ihm, alles sei in Ordnung und er könne getrost noch eine Zeit lang auf Puerto Rico bleiben. Maria und er beschlossen deshalb, ihren Aufenthalt auf der Insel für unbestimmte Zeit zu verlängern.

Fast täglich segelten sie nun mit dem Katamaran an der Küste entlang. Bei den starken Passatwinden stieg der Kat auf einer Seite hoch und verlangte ihnen all ihre Segelfähigkeiten ab.

Als sie an einem späten Nachmittag wieder in die Bucht einliefen, waren beide mit dem Abtakeln der Segel so beschäftigt, dass sie die beiden Taucher neben ihrem Boot nicht bemerkten.

Nachdem sie das Boot an einer Boje befestigt hatten, standen beide brusttief im Wasser und machten sich bereit, um an Land zu schwimmen.

Plötzlich sah Michael die auf Maria gerichtete Harpune aus den Augenwinkeln. Reflexartig schob er sich zwischen Maria und den angreifenden Taucher.

Die abgefeuerte Harpune streifte sie deshalb nur am linken Bein, während sie aufschrie: »Mein Gott, mein Gott, jetzt ist es aus!«

Michael zog blitzschnell das breite, lange Messer, das er sonst für das Öffnen der großen Muscheln benötigte, und fügte damit dem Angreifer einen tiefen Schnitt am Hals zu, woraufhin dieser blutüberströmt im Wasser zusammensackte.

»Schwimm zum Strand!«, schrie Michael und versetzte gleichzeitig dem zweiten Angreifer, der jetzt vor Maria aufgetaucht war, einen kräftigen Schlag mit dem Messerknauf gegen den Kopf. Er fiel nach hinten ins Wasser, rappelte sich dann aber auf und ergriff die Flucht. Maria Emilia zitterte am ganzen Körper und warf sich Michael schluchzend in die Arme.

Wie ein Wunder hatten beide den Angriff unversehrt überstanden.

»Das war Gualtori, dieses Monster«, flüsterte sie und war völlig aufgelöst vor Schrecken und Angst.

Michael hatte inzwischen den verletzten Angreifer geborgen, ihm die klaffende Wunde am Hals notdürftig verbunden und die Polizei per Handy verständigt. Noch am Strand konnten sie von ihm etwas über den Auftraggeber des Attentats erfahren.

»Es war ein reicher Geschäftsmann aus Buenos Aires«, röchelte der Verletzte, und sie hatten keinen Zweifel daran, dass es sich um Gualtori handelte.

Am Abend, als sie beide auf der Veranda der Hazienda saßen und das erste Glas Rotwein tranken, sah sie ihm in die Augen, küsste ihn und sagte unvermittelt: »Wir müssen schnellstens hier weg, weil wir nicht mehr sicher sind. Sie werden ein zweites Mal kommen und dann vielleicht mehr Erfolg haben.

Nur in Miami werde ich jetzt noch Sicherheit vor Gualtori finden. Die Policia Municipal wird sich rund um die Uhr um mich kümmern, mein Onkel ist dort Sheriff.«

Er sah sie nachdenklich an und antwortete: »Und was kommt danach? Was wird aus unserer Liebe, unserem Glück?«

Während er sie in den Arm nahm, sprach er weiter und sah sie fast flehend an: »Maria, bitte heirate mich und komm mit mir nach Deutschland, für immer!«

Sie lächelte ihn an. »Ich liebe dich, Michael, lass uns in Miami heiraten und später gehen wir dann in dein Heimatland.«

In dieser Nacht lagen sie eng umschlungen in ihrem breiten Bett, unfähig zu sprechen und nur ihren Gefühlen hingegeben, noch Stunden wach. Sie lauschten in die karibische Nacht und dachten an ihre gemeinsame Zukunft, auf der das Attentat wie ein Schatten lag.

Maria Emilia war nach Miami geflogen, um ihr Vermögen zu ordnen und alles für die Hochzeit vorzubereiten.

Michael hingegen war nach Frankfurt zurückgekehrt.

Seine Tochter war begeistert von dem Gedanken, dass wieder mehr Leben in das große Haus in Bad Homburg einkehren sollte und ihr Vater wieder glücklich werden würde. Beide gingen daran, die Villa etwas umzugestalten und für Maria vorzubereiten.

Katja hatte nach dem Abitur ihr BWL-Studium aufgenommen und lebte das sorglose Leben einer Studentin, die einen betuchten Geschäftsmann zum Vater hatte.

Das Leben von Vater und Tochter war auch ohne die Mutter ausgefüllt und beide verband eine starke innere Beziehung, wie sie sehr selten ist.

Die Wochen vergingen. Maria Emilia meldete sich und teilte mit, dass die Scheidung nun im Gange sei und sie bereits Vorbereitungen für die Heirat mit Michael treffe.

Eine Woche vor dem Hochzeitstermin flog Michael nach Miami. Maria Emilia war nun frei für ihn, und das Schreckensgespenst Enrico Americo Gualtori war von ihnen abgefallen.

Alles deutete auf wunderbare Jahre im gemeinsamen Glück hin. Die beiden genossen die Vorbereitungen für ihre Hochzeit und schwebten wie auf Wolken. Sie liefen wie große Kinder am Strand von Miami Beach entlang und lagen eng umschlungen im feinen Muschelsand.

Maria Emilia hatte sich für die Trauung ein schwarzes Kleid ausgesucht. Weiß war nach ihrer Auffassung nur der ersten Ehe vorbehalten. Sie sah darin wie eine Madonna aus.

Der Tag vor der Hochzeit begann mit einem strahlenden Morgen.

»Michael, für heute Abend habe ich ein paar gute Freunde eingeladen. Wir werden in meinem Lieblingsrestaurant Abschied von meinem bisherigen Leben feiern.«

Michael nahm sie in seine Arme und flüsterte ihr ins Ohr: »Jetzt ist die Zeit der Unterdrückung endlich vorbei, ich werde dich glücklich machen, alles wird gut.«

Am Abend saßen sie mit ihren Freunden im *Torreor*, direkt am Ocean Drive, wo das Volk sich mischte mit den Schönen und Reichen der Stadt, oder jenen, die es vorgaben zu sein.

Ferraris, Porsche und allerlei frisierte Boliden mit Breitreifen, die eher für die Formel 1 gedacht waren, fuhren im Pulk den Drive entlang, um die Aufmerksamkeit auf ihre Besitzer zu ziehen. Ausgeflippte Typen mit Girls, die einen Hauch von Nichts trugen, pilgerten von Lokal zu Lokal.

Auch im *Torreor* wurde es immer voller. Der Kampf um die begehrten Tische hatte begonnen. Maria Emilia und Michael saßen inmitten des immer größer werdenden Trubels. Sie gingen zur gut gefüllten Tanzfläche und tanzten eng umschlungen.

Als sie zurück zu ihrem Tisch gehen wollten, mussten sie sich den Weg durch eine Traube von Neuankömmlingen bahnen. Michael ging voraus und nahm Maria Emilia an der Hand, um sie durch die Menschenmenge zu schleusen.

Plötzlich blieb sie stehen und als Michael sich umdrehte, sah er in ihr schmerzverzerrtes Gesicht.

»Was um Gottes willen ist mit dir?«, fragte er besorgt.

Maria Emilia sank mit aschfahlem Gesicht zu Boden. Als sich Michael zu ihr hinunterbeugte, stand ihr Mund weit offen, die Augen waren starr und ihr Körper schüttelte sich.

»Maria, antworte mir, bitte, bitte sag etwas ... mein Gott, nein, nein.«

Michael schüttelte ihren Oberkörper, hob ihren Kopf hoch und versuchte, sie auf seine Arme zu nehmen. Er merkte nicht mehr, dass man ihn von Maria Emilia losreißen musste, und hörte nur noch wie aus weiter Ferne die alles vernichtenden Worte eines Arztes, der unter den Gästen war: »Sie ist tot, da kommt jede Hilfe zu spät.«

Als Michael in der Nacht aufwachte, war er benebelt von dem starken Beruhigungsmittel, das ihm der Arzt gespritzt hatte. Er wollte aufstehen, doch dann vernahm er die Stimme einer Krankenschwester an seinem Bett.

»Sie müssen liegen bleiben, Herr Cronrath!«

»Ich möchte meine Tochter sehen, meine Tochter bitte«, sagte er mit leiser, verzweifelter Stimme.

Als das Mobiltelefon von Katja klingelte, fragte sie: »Daddy?« Doch als sie die fremde Stimme des Arztes hörte, ahnte sie Schlimmes.

»Sind Sie die Tochter von Michael Cronrath?«

»Ja, was ist passiert?«

»Er benötigt dringend Ihre Hilfe, Señora Gualtori wurde ermordet.«

Sie atmete tief durch und antwortete mit zitternder Stimme: »Ich nehme den nächsten Flug, wie geht es meinem Vater?«

»Wir halten ihn mit Medikamenten ruhig, aber er ist am Boden zerstört. Wie bereits gesagt, er braucht dringend Hilfe, um seinen Schock zu überwinden.«

»Wie ist es denn passiert? Wer hat das getan?«, fragte sie den Anrufer.

»Die Polizei geht davon aus, dass sie mit einem schnell wirkenden Gift, sie tippen auf Pfeilgift, getötet wurde. Sie hatte einen Sekundentod.«

»Mein Gott, wie schrecklich, einen Tag vor der Hochzeit. Sagen Sie ihm, dass ich komme, bye.«

Als Katja das Sanatorium von Miami betrat und zum Zimmer ihres Vaters ging, wusste sie, dass schlimme Wochen vor ihnen lagen.

Ein Hauch von Freude war in Michaels Gesicht zu sehen, als er seine Tochter erblickte, aber auch großer Schmerz.

»Ist es nicht schrecklich? Einen Tag vor unserer Hochzeit …«

Vater und Tochter sanken sich in die Arme.

»Sie ist tot, sie lebt nicht mehr«, flüsterte er.

Die nächsten Tage waren von unendlicher Trauer und Melancholie bestimmt.

Für Michael war eine Welt eingestürzt. Wäre seine Tochter nicht an seiner Seite gewesen, so hätte er sich aus Kummer das Leben genommen.

An der Beerdigung in Miami nahm nur Katja teil. Michael war dazu nicht imstande.

Zurückgekehrt nach Deutschland, überwies ihn sein Freund und Arzt Peter Jonen in ein Sanatorium. Dort machte er eine Therapie, um sein inneres Gleichgewicht wiederzufinden.

Nach drei Wochen wurde er entlassen.

Traurig saß er in seiner Villa und wirkte auf die Menschen in seiner Umgebung wie einer, der sich aufgegeben hatte.

Auch Katja gelang es nicht, ihn abzulenken und auf neue Gedanken zu bringen.

Auf alle Vorschläge antwortete er immer mit dem gleichen Satz: »Wofür denn noch, es macht doch alles keinen Sinn mehr.«

Katja war der Verzweiflung nahe und suchte nach einem Weg, wie sie ihren geliebten Vater aus diesem Tal der Tränen herausführen konnte.

Mitten in diese trostlosen Tage flatterte ein Schreiben von einem Notar in Frankfurt. Es sollte ungeahnte Folgen haben und brachte ihrer beider Leben auf einen ganz neuen Weg.

Notar Ägidius Maier schaute über den Rand seiner Lesebrille hinweg Michael Cronrath und seine Tochter an. Dann las er aus dem Testament von Maria Emilia, geschiedene Gualtori, vor:

»Mein lieber Michael,

wenn dir der Notar diese Zeilen vorträgt, dann wird dich sicher eine große Trauer erfasst haben und ein Leben zu zweit, wie wir es uns erträumt haben, nicht mehr möglich sein. Denke aber immer daran: Wir hatten sehr glückliche Tage und unsere große Liebe wird auch über den Tod hinaus weiter fortbestehen!

Nun zu meinem letzten Willen:

Die folgenden Vermögensteile vermache ich je zur Hälfte Herrn Michael Cronrath, Bad Homburg, und seiner Tochter Katja Cronrath:

1. Bankvermögen in Höhe von fünf Millionen US-Dollar
2. Meine Häuser in Puerto Rico
3. Grundstück (8.000 Quadratmeter) in La Plata

Herr Michael Cronrath wird gebeten, auf dem Grundstück in La Plata ein Kinderheim für Straßenkinder zu errichten und sich um den Betrieb dieser Einrichtung zu kümmern. Mit diesem Projekt möchte ich meinem Land und seinen Kindern etwas von dem zurückgeben, was mir viele Jahre auch gewährt wurde.

In das Projekt soll Jorge Pablo Cuzero mit eingebunden werden, der mir sehr am Herzen liegt. Ihm soll in dem zu errichtenden Kinderheim auch eine berufliche Zukunft ermöglicht werden.

Jorge Pablo Cuzero vermache ich meine Häuser in Miami.
Maria Emilia Gualtori.«

Nachdem Ägidius Maier weitere Regularien bekannt gegeben hatte, verließen Michael und Katja das Notariat.

In einem nahegelegenen Café verbrachten sie den Nachmittag zusammen und besprachen die möglichen Folgen und Konsequenzen, die sich aus dem Testament ergaben.

»Ich werde alles daran setzen, um diesen letzten Wunsch von Maria zu erfüllen«, sagte Michael mit Tränen in den Augen.

Katja ergriff die Hände ihres Vaters und blickte ihn liebevoll an. »Papa, ich werde nach Abschluss des Studiums an deiner Seite sein und dich dort in Argentinien unterstützen!«

Er schaute sie fragend an und entgegnete: »Du weißt, meine Firma wartet auf dich als neue Geschäftsführerin.«

»Das Kinderheim hat Priorität und ich lasse dich bei dieser Aufgabe nicht alleine, die Firma muss warten«, sagte Katja und gab ihm einen Kuss auf die Stirn.

Als sie sich vor dem Café trennten, war Michael fast beschwingt und erleichtert.

Er freute sich auf die neue Aufgabe, den letzten Willen von Maria zusammen mit seiner Tochter zu erfüllen.

Vier Wochen später saß Michael in der Provinzverwaltung von Buenos Aires. Sein Freund Fernandez, der dort gute Verbindungen hatte, unterstützte ihn, wo er konnte. Das Projekt Kinder- und Jugendheim wurde sehr positiv aufgenommen und Michael erhielt die Zusage, mit dem Vorhaben in ca. acht Wochen beginnen zu können, was bei den üblichen Bearbeitungszeiten mehrere Monate gedauert hätte.

Nachdem er das Baugrundstück in La Plata besichtigt hatte, beauftragte er ein Architekturbüro mit der Aufstellung der Baupläne.

Am Abend, nach seiner Rückkehr im Hotel *Cristoforo Colombo*, rief er Fernandez an: »Hallo, mein Freund, habe festgestellt, dass es Samstag ist, und es ist ein wenig einsam um mich herum. Wollen wir uns zum Essen in La Boca treffen?«

»Mit Vergnügen, in einer Stunde«, antwortete Fernandez.

La Boca ist der älteste Stadtteil von Buenos Aires. Hier kamen die ersten Einwanderer aus Spanien an. Die Häuser sind bunt angestrichen, oft auch mit Wandmalereien versehen und drücken die unterschiedlichen Kulturen aus. In den Straßen von La Boca wird an den Wochenenden Tango getanzt und die Kultur der Einwanderer weitergetragen.

Michael und Fernandez trafen sich in einem typischen Restaurant des Stadtteils. Dort gab es Asado, eine argentinische Grillmahlzeit, und einen köstlichen Puchero, ein Eintopf aus Gemüse und Fleisch.

Während sie die köstlichen Fleischspeisen genossen und

einen samtweichen Merlot tranken, konnten sie die Tangopaare auf der Straße beobachten. Sie tanzten eng umschlungen, verbunden durch eine Umarmung, die während des Tanzes niemals gelöst wurde, und so entstand eine Erotik, die auch auf die Zuschauer überging.

Besonders ein Paar, das den Tango Argentino hervorragend beherrschte, hatte es Michael angetan. Die Tänzerin erinnerte ihn sehr stark an seine Maria, fast das gleiche schwarze Haar, das zu einem kleinen Zopf zusammengehalten wurde, hochgezogene Wangenknochen und ein samtweicher Mund. Eine frappierende Ähnlichkeit. Wehmut befiel ihn und ein paar verstohlene Tränen liefen über sein Gesicht.

Eine hübsche Frau, die einen Tisch weiter saß, bemerkte die Melancholie in Michaels Gesicht und suchte Blickkontakt mit ihm. Sie forderte ihn mit ihren Blicken zum Tanzen auf, wie es in Argentinien üblich war, doch Michael wich den Augen der Frau aus. Er war noch zu sehr mit der Vergangenheit und seiner Trauer beschäftigt.

»Komm, Fernandez«, sagte er zu seinem Freund, der ihm eine echte Hilfe war, »lass uns aufbrechen und im Hotel noch ein paar Drinks genießen.«

Am nächsten Morgen fuhr Michael nach La Plata und diskutierte die Pläne für das Kinder- und Jugendheim mit dem Architekten.

Es sollten drei zweistöckige Gebäude entstehen, die in Hufeisenform miteinander verbunden wurden. Der Innenhof sollte sich zu einer vielfältig angelegten Grünanlage öffnen und in einem der Gebäude sollte eine Schule errichtet werden.

Michael war sehr zufrieden mit den Plänen und beauftragte das Büro mit der Vergabe der Bauaufträge. Er bat seinen Freund Fernandez, die Bauarbeiten zu kontrollieren und Probleme während der Bauzeit zu regeln.

Dann flog er nach Frankfurt zurück, um mit Katja das bestandene Examen zu feiern, das sie mit »summa cum laude« abgeschlossen hatte.

Sie hatte einige ihrer Freunde zu einer Feier bei ihrem Lieblingsitaliener eingeladen. Als Michael dort eintraf, war die Stimmung gelöst und jeder hatte einen Aperitif in der Hand, um auf das hervorragende Ergebnis anzustoßen.

»Auf unsere frisch gebackene Betriebswirtin und große Anerkennung für die reife Leistung«, prostete Michael und nahm Katja in seine Arme.

Nach dem Essen kam Katja mit einem jungen Mann an Michaels Tisch, an dem auch der Dekan der Universität saß.

»Papa, darf ich dir Emmanuel vorstellen, der mit mir das Examen abgelegt hat. Wir beide leben in einer Studenten-WG zusammen.«

Michael war etwas überrascht und reichte dem jungen Mann, von dem er bis dato nichts gehört hatte, die Hand: »Freue mich, Sie kennenzulernen.«

Beide nahmen am Tisch Platz und es entstand ein Gespräch über die berufliche Zukunft der frisch gebackenen Betriebswirte.

»Werden Sie jetzt mit Ihrem Freund Emmanuel in das Geschäft Ihres Vaters einsteigen?«, fragte der Dekan. »Sie beide haben sicherlich eine exzellente Chance in diesem erfolgreichen Unternehmen.« Er blickte sie fragend an.

Katja überlegte kurz, bevor sie antwortete: »Da muss ich

Sie leider enttäuschen. Ich werde für unbestimmte Zeit nach Argentinien gehen und mich dort an einem sozialen Projekt beteiligen«, erklärte sie mit fester Stimme.

»Schade für Ihre große Begabung«, meinte der Dekan und blickte mit Unverständnis in die Runde.

»Sie wird mich in La Plata unterstützen und ich bin sehr dankbar dafür«, sagte Michael. Er beobachtete dabei Katjas Freund, der überrascht schien und wohl auch sehr enttäuscht war.

Zwei Monate später kam ein Fax von Fernandez, der mitteilte, dass der Rohbau für das Kinderheim abgeschlossen sei und man nun mit dem Innenausbau beginnen werde.

Michael und Katja beschlossen, in der übernächsten Woche nach Argentinien zu fliegen und sich der Inneneinrichtung sowie der Organisation des Heimes zu widmen. Bis dahin wollten sie alle Angelegenheiten in Frankfurt regeln und für eine längere Abwesenheit die Grundlage schaffen.

Tage vor dem geplanten Abflug bemerkte Michael bei seiner Tochter eine merkwürdige Veränderung und eine aufkeimende Traurigkeit.

Als sie an einem der letzten Abende in einem Restaurant an der Alten Oper saßen, um dort Abschied von Frankfurt zu nehmen, ergriff Michael die Hände seiner Tochter.

»Katja, was bedrückt dich? Bereust du deinen Entschluss, mit mir nach La Plata zu gehen?«, fragte er besorgt.

»Nein, Papa, aber ich bin sehr enttäuscht von Emmanuel. Er hat mir erklärt, nicht nach La Plata mitzukommen. Mittlerweile glaube ich, dass er es nur auf unsere Firma abgesehen hat und sich in ein gemachtes Nest setzen wollte.«

»Ach Liebes, sei froh, dass du sein wahres Wesen jetzt

schon erkannt hast und nicht erst später, wenn eine Trennung für dich deutlich schwieriger gewesen wäre, verbunden mit einer großen Enttäuschung. Ich denke, es war keine echte Liebe!«

Michael nahm Katja tröstend in seine Arme. »Du wirst ihn in Argentinien sicher bald vergessen haben.«

Als Michael und Katja am Flughafen von Buenos Aires ankamen, wartete Michaels treuer Freund Fernandez schon auf sie.

»Hallo, ihr beiden, ich bin froh, dass ihr jetzt hier seid. Mir wächst die Arbeit im Kinderheim langsam über den Kopf und viele wichtige Entscheidungen stehen an.«

Ohne weiteren Aufenthalt fuhren sie nach La Plata und besichtigten das Kinderheim.

»Das sieht ja sehr gut aus, hier werden sich die Kinder wohlfühlen. So großzügige, helle Zimmer und das viele Grün rund um das Haus, das hätte ich nicht erwartet«, jubelte Katja.

Als sie in der Eingangshalle ankamen, deutete Michael auf eine Türe. »Katja, dahinter befindet sich dein Büro.«

Katja machte sich sofort Notizen für die Büroeinrichtung und die Raumaufteilung.

»Katja, denk daran, dass hier zwei Schreibtische Platz finden müssen. Einer für dich und ein zweiter für Jorge Pablo Cuzero, den Maria in ihrem Testament erwähnt hat. Ihr beide werdet eng zusammenarbeiten müssen«, sagte Michael.

Die nächsten Tage waren ausgefüllt mit Arbeit und nur selten kam Michael zum Nachdenken. Aber manchmal, nach einem langen Arbeitstag, überkam ihn Wehmut.

»Das alles müsste Maria sehen ... wie schön wäre jetzt ihre Anwesenheit«, dachte er und erinnerte sich an die zärtlichen Stunden, die er mit ihr verbracht hatte.

Katja half ihm zu vergessen und munterte ihn auf, bei allen Dingen, die sie gemeinsam anpackten. Ohne sie und das Projekt Kinderheim wäre er in ein tiefes Loch gefallen, und es hatte den Anschein, dass Maria dies alles bedacht hatte.

Nachdem das Kinderheim komplett eingerichtet war und die offizielle Einweihung bevorstand, meldete sich Marias Bruder aus Miami bei Michael und kündigte die Ankunft von Jorge Pablo Cuzero an.

Als Michael und Katja in ihrem Büro die letzten Details für die Einweihungsfeier besprachen, zu der auch der zuständige Minister erwartet wurde, klopfte es an der Türe und ein junger Mann trat ein.

»Buenos días, ich bin Jorge und Sie sind sicherlich Michael und Katja«, sagte der große und sportlich aussehende junge Mann mit lächelndem Gesicht.

Als Michael Jorge die Hand reichte und ihn willkommen hieß, war es ihm, als ob er einen gut bekannten und vertrauten Menschen begrüßen würde. Diese leuchtenden Augen, das schmale Gesicht mit der hohen Stirn und sein Lächeln erinnerten ihn sofort an Maria.

»Ich habe vor Kurzem mein Studium der Sozialpädagogik in Miami abgeschlossen. Mein Onkel hat mir von dem Projekt erzählt und mir mitgeteilt, dass ich hier mitarbeiten darf«, sagte Jorge und sah dabei Katja an, die ihn aufmerksam musterte.

»Sie kommen zur rechten Zeit, Jorge, wir sind gerade dabei, die Einweihungsfeier zu organisieren und das Programm festzulegen«, sagte Katja und bot ihm einen Platz am Konferenztisch an.

»Na, der Junge sieht ja blendend aus und scheint sehr sympathisch zu sein«, dachte Katja, während ihr Vater ihnen beiden die zukünftige Zusammenarbeit erläuterte.

»Ihr beide seid gleichberechtigte Leiter dieses Kinderheimes und ich bin der Vorsitzende der Stiftung. Katja wird sich in erster Linie um die Organisation und betriebswirtschaftlichen Belange kümmern und Sie, Jorge, sind für die fachliche Leitung zuständig«, erklärte Michael.

Katja und Jorge reichten sich die Hände und beide sagten fast gleichzeitig: »Auf gute Zusammenarbeit zum Wohle der Kinder.«

Nachdem die Einweihungsfeierlichkeiten besprochen waren, lud Michael Katja und Jorge zum Dinner in sein Lieblingsrestaurant *Rio Alba* ein.

Das berühmte Bife de Lomo schmeckte allen vorzüglich und mit einem Glas Merlot prostete Michael Jorge zu: »Ich denke, lieber Jorge, ich sollte dir das Du anbieten«, und reichte ihm seine Hand.

Jorge war sehr erfreut über diese freundschaftliche Geste. Er zog ein Kuvert aus seinem Sakko und gab es Michael.

»Mein Onkel hat mir diesen Brief vor meiner Abreise übergeben und darum gebeten, dass er in eurer Anwesenheit geöffnet und verlesen werden soll.«

Michael zog ein Papier aus dem Umschlag, und als er die Handschrift von Maria Emilia erkannte, fingen seine Hände an zu zittern.

Es fiel ihm sichtlich schwer, den Brief zu verlesen. All die Erinnerungen aus der Vergangenheit kamen hoch und er war den Tränen nah.

Er las langsam und mit zittriger Stimme vor:

»Wenn diese Zeilen verlesen werden, bin ich nicht mehr auf dieser Welt. Nun ist es an der Zeit, ein Geheimnis zu lüften, das ich mein ganzes Leben hüten musste und das mich sehr belastet hat.

Lieber Jorge, dein Onkel, der sich um dich gekümmert hat und dir wie ein Vater war, hat dir erklärt, dass deine Eltern bei einem Autounfall ums Leben kamen.

Das ist nur die halbe Wahrheit … Bei dem Unfall ist nur dein Vater gestorben, deine Mutter hat jedoch überlebt.

Liebster Jorge, ich, Maria Emilia, bin deine Mutter und habe dich sehr geliebt.

Als du zwei Jahre alt warst, habe ich Enrico Gualtori geheiratet. Er war zu der Zeit ein Geschäftspartner der Firma meines Vaters.

Nach der Hochzeit erklärte er mir, dass er dich nicht dulde und dich in ein Kinderheim geben wolle.

In meiner Not habe ich dich damals zu deinem Onkel nach Miami gebracht und den Aufenthaltsort und deine Identität streng geheim gehalten, um dich nicht zu gefährden. Für mich war das die schlimmste Entscheidung in meinem Leben und es war, als wenn jemand mir das Herz aus dem Leib gerissen hätte.

Tröstlich war für mich, dass mein Bruder dich wie einen eigenen Sohn aufgenommen hat und ich dich dort ab und zu sehen konnte.

Lieber Jorge, ich hoffe, dass du mir verzeihen kannst und ich dir mit der Errichtung des Kinderheimes deinen Berufswunsch erfüllen kann.

Dein Onkel besitzt einige Bilder aus der Zeit, als wir noch zusammen waren. Nimm sie als Andenken und bewahre sie auf!

Nochmal möchte ich dir sagen, dass ich dich über alles in meinem Leben geliebt habe.

Adios, mein Sohn!«

Als Michael das Schreiben auf den Tisch legte, waren alle drei sehr ergriffen und den Tränen nahe.

Michael nahm die Hand von Jorge. »Deine Mutter war eine wunderbare Frau. Ich durfte sie kennenlernen und uns hat eine tiefe Liebe verbunden, die leider viel zu schnell und auf brutale Weise endete.«

Nachdem sie ins Hotel zurückgekehrt waren, saßen sie noch die halbe Nacht zusammen und Michael erzählte Jorge von seiner Beziehung mit Maria Emilia und von der erfüllten Zeit, die sie miteinander verbracht hatten.

Jorge konnte danach keine Ruhe finden und war mit seiner Vergangenheit und dem Andenken an seine Mutter beschäftigt. Erst gegen Morgen übermannte ihn der Schlaf.

Die nächsten Tage waren von den Feierlichkeiten anlässlich der Einweihung des Kinderheimes bestimmt und Jorge konnte sich damit etwas zerstreuen. Die Lokalpresse berichtete ausführlich darüber.

Unmittelbar darauf kamen die ersten Kinder, für die das Jugendamt von La Plata schon lange eine Unterkunft suchte. Es waren zehn, die alle auf der Straße gelebt hatten.

Jorge und Katja mussten zunächst das Vertrauen der Kinder gewinnen, die zum Teil völlig traumatisiert waren.

Als drei weitere Mitarbeiterinnen eingestellt wurden, die für die Kinder rund um die Uhr da waren, ging es jeden Tag etwas besser und Erfolge wurden sichtbar ... Die Kinder hatten wieder ein Zuhause.

Jorge ließ der Brief seiner Mutter nicht los. Immer wieder war er in Gedanken mit den Hintergründen beschäftigt. Er benötigte weitere Informationen, die Licht in seine Kindheit bringen sollten.

Er beschloss deshalb, für ein Wochenende den weiten Flug nach Miami auf sich zu nehmen und mit seinem Onkel darüber zu sprechen.

Dieser hatte seinen Neffen schon erwartet und sie führten stundenlange Gespräche.

»Was war damals wirklich los und warum hat mich meine Mutter hier abgeben müssen?«, fragte Jorge. »Wenn eine Mutter ihr Kind, das sie liebt, weggibt, müssen dafür schon schwerwiegende Gründe vorhanden gewesen sein!«

»Lieber Jorge, es ging damals um dein Leben. Du warst nach der Drohung von Gualtori in absoluter Lebensgefahr. Ich war zu dieser Zeit Polizeipräsident hier in Miami und in der Lage, dich zu schützen«, erklärte sein Onkel. »Da wir kinderlos waren und deine Tante sich Kinder wünschte, hattest du bei uns ein gutes Zuhause. Das hat deiner Mutter über ihren großen Schmerz hinweggeholfen.«

Sein Onkel erzählte ihm nun, wie sich Gualtori nach der Hochzeit mit Maria Emilia immer mehr veränderte und sein wahres Wesen zum Vorschein kam.

»Er wollte die totale Herrschaft über sie erlangen und drohte ihr bei jeder Gelegenheit. Durch seine Nähe zum damaligen Staatspräsidenten Menem war er geschützt und niemand konnte ihm etwas anhaben.

Erst sehr spät war es deiner Mutter klar, dass es nur um ihr Vermögen ging, das er sich einverleiben wollte. Dem konnte deine Mutter einen Riegel vorschieben, sodass er leer ausging. Sie begann wieder zu leben, als sie Michael kennenlernte. Die beiden hatten eine sehr glückliche Zeit miteinander.

Nach der Scheidung von Gualtori sollte ein neues Leben beginnen und sie wollte dich wieder zurückholen in die neue Familie. Dann aber geschah das Unfassbare, womit niemand, auch ich nicht, rechnen konnte.

Deine Mutter wurde einen Tag vor ihrer Hochzeit ermordet. Meine Recherchen haben ergeben, dass der oder die Täter aus Argentinien kamen. Dafür habe ich sichere Hinweise!«

Jorge, der von den Erklärungen sehr berührt war, sagte: »Wir müssen den Täter finden und er muss für seine Tat büßen.«

Sein Onkel machte ein nachdenkliches Gesicht und rutschte auf seinem Stuhl hin und her.

»Gualtori sitzt seit Monaten in Buenos Aires in Untersuchungshaft. Er wird wegen zahlreicher Verbrechen angeklagt!

Ich denke, die Ermittlungen laufen noch ein paar Monate. Wenn der Prozess eröffnet wird, müssen wir ihn genau verfolgen und alle Zeugenaussagen auswerten. Vielleicht treten dabei auch Beweise für den Mord an deiner Mutter zutage. Leider müssen wir erst einmal abwarten. Ich verspreche dir, lieber Jorge, dass ich dich dabei mit allen Mitteln, die mir zur Verfügung stehen, unterstützen werde!«

Jorge flog am Sonntagnachmittag nach Buenos Aires zurück. Hier wurde er gebraucht und von hier aus würde er den Prozess verfolgen.

Die tägliche Arbeit im Kinderheim nahm ihn in den

folgenden Wochen voll in Anspruch. Das Heim war inzwischen voll belegt und einige Kinder mussten intensiv betreut werden. Es waren Kinder dabei, die Schlimmes erlebt hatten und um die sich Jorge kümmerte.

»Wie gewinnst du so schnell das Vertrauen der Kinder?«, fragte Katja, die seine Arbeit mit großem Respekt beobachtete.

»Ich habe solche Kinder in Miami kennengelernt und weiß, was sie bedrückt und wie man Zugang zu ihnen finden kann. Man darf ihr Vertrauen nie enttäuschen und auch bei Rückschlägen nie aufgeben.«

Katja und Jorge hatten sich zu einem guten Team entwickelt und jeder konnte seine spezifischen Kenntnisse und Erfahrungen in die tägliche Arbeit einbringen, die oft erst am späten Abend endete.

Als dann das Heim aus allen Nähten platzte und keine weiteren Kinder mehr aufgenommen werden konnten, waren beide zu dem Ergebnis gekommen, einen größeren Anbau zu planen.

»Traut ihr euch diese Mehrarbeit zu?«, fragte Michael, als sie ihm ihr Vorhaben eröffneten. »Ihr arbeitet jetzt schon am Limit. Denkt auch an euer Privatleben.«

Beide machten deutlich, dass eine Erweiterung unverzichtbar sei und man an die Kinder denken müsse.

Als der Anbau beschlossen war, kümmerte sich Michael um die Finanzierung. Er akquirierte Spenden aus der Industrie in Argentinien und in Deutschland und konnte erreichen, dass die Stadt zwei zusätzliche Stellen für das Heim übernahm.

Katja und Jorge waren sich, bei all der gemeinsamen Arbeit, auf der persönlichen Ebene nicht wirklich nähergekommen. Jorge mochte ihre freundliche und liebenswerte Art; er fand sie sehr hübsch, aber es fehlte ihm der Zugang zu ihr. Katja hatte die Enttäuschung mit Emmanuel noch nicht überwunden und war Männern gegenüber sehr zurückhaltend geworden.

Nachdem der Anbau des Kinderheimes abgeschlossen war und Michael Cronrath etwas Freiraum hatte, beschloss er, nach Frankfurt zu fliegen.
　Dort verabredete er sich mit seinem langjährigen Berater Jürgen Kalpers, der ihn bei wichtigen unternehmerischen Entscheidungen immer unterstützt und juristisch beraten hatte.
　Sie trafen sich in einem Restaurant an der Alten Oper und während des Mittagessens berichtete Michael von seinen Zukunftsplänen.
　»Jürgen, wie du weißt, habe ich in Buenos Aires eine neue Aufgabe gefunden, die mir eine Herzensangelegenheit ist und die mich zunehmend in Anspruch nimmt, da es dort auch immer mehr Straßenkinder gibt. Außerdem fühle ich mich in Argentinien inzwischen heimisch, sodass ich auf Dauer dort leben will.«
　»Das hört sich interessant an, Michael. Und was soll mit deinen Unternehmen in Deutschland und in Argentinien werden?«
　»Deshalb sitzen wir heute hier zusammen, um den Verkauf dieser Unternehmen zu besprechen.
　Die Unternehmen in Frankfurt würden gerne meine beiden Geschäftsführer übernehmen, und für die Unternehmen in Argentinien werde ich mit einer Firma in Madrid verhandeln, die an der Übernahme interessiert ist.

Für die Übernahme der deutschen Aktivitäten bitte ich dich die Bedingungen auszuhandeln und die Verträge vorzubereiten. Um die Firmen in Argentinien kümmere ich mich selbst.«

Als die beiden sich am späten Nachmittag trennten, waren die wichtigsten Punkte festgezurrt.

Michael vereinbarte einen Termin mit der Firma Quentes in Madrid und flog in der folgenden Woche dorthin. Er hatte sich für die Zeit der Verhandlungen in einem Hotel nahe der Plaza de España einquartiert.

Am Vormittag, auf dem Weg zur Firma Quentes, kam er an dem Monument des spanischen Nationaldichters Cervantes vorbei. Und als er die großen Bronzefiguren betrachtete, Don Quijote auf einem riesigen Pferd und Sancho Panza auf einem ebenso großen Esel, da begann er nachzudenken und wurde etwas unsicher.

»Ist meine Entscheidung richtig, alles aufzugeben, was ich in meinem Leben aufgebaut habe?«, fragte er sich. Er dachte dabei auch an seine Tochter Katja, die sich aber gegen eine Tätigkeit in seinen Unternehmen ausgesprochen hatte und die mit dem Kinderheimprojekt ihre Erfüllung gefunden hatte. Dies machte ihm seine Entscheidung, die Unternehmen zu verkaufen, leichter.

Er ging ein Stück über die lange Einkaufsstraße der Gran Via und näherte sich dem großen Bürogebäude der Firma Quentes. Er hatte sich vorgenommen, die Verhandlungen zügig zu führen.

Er meldete sich an der Rezeption in der großen Empfangshalle, und nach einem Café solo, der ihm serviert wurde, öffnete sich die Tür des Aufzuges und eine hübsche

Dame in schwarzem Kostüm kam mit einem freundlichen Lächeln auf ihn zu.

»Buenos días, Señor Cronrath, willkommen in Madrid. Mein Name ist Carmen da Silva. Ich bin Mitglied des Vorstandes und werde Sie in den nächsten Tagen begleiten.«

Michael nahm die entgegengestreckte Hand und bedankte sich für den freundlichen Empfang.

Als er ihr in den Aufzug folgte, bewunderte Michael ihren graziösen, tänzerischen Gang, der ihn an Maria Emilia erinnerte.

Die Gespräche mit den Mitgliedern des Vorstandes fanden in einer freundlichen Atmosphäre statt und dauerten den ganzen Tag. Die Vorstellungen bezüglich der Übernahmebedingungen lagen weit auseinander. Neben der Bewertung der Unternehmen und einer möglichen Preisfindung war es für Michael wichtig, eine Beschäftigungsgarantie für die Mitarbeiter zu erhalten. Er stellte sich deshalb auf lange und zähe Verhandlungstage ein.

Für den Abend war Michael mit Carmen da Silva in dem berühmten *Café Gijón* am Paseo de Recoletos verabredet. Sie hatte einen Tisch reserviert und war bereits anwesend, als er eintraf.

»Dieses Café-Restaurant besteht seit 1888 und war früher ein Treffpunkt für Intellektuelle, Schriftsteller und Künstler. Hier kann man einen Kaffee trinken, aber auch eine authentische spanische Küche genießen«, erklärte Carmen da Silva.

Sie hatte für diesen Abend ein eng anliegendes, buntes Kleid angezogen, das ihre gute Figur betonte und im Ausschnitt etwas freizügiger war als ihr Kostüm im Büro.

»Mein Gott, hat sie sich hübsch gemacht, und welchen Charme sie versprüht«, dachte Michael und es fiel ihm schwer, sich auf die Speisekarte zu konzentrieren.

»Señor Cronrath, wenn Sie wollen, bestellen wir typische spanische Tapas, die gerade hier zu empfehlen sind«, schlug sie vor.

Michael stimmte dem erfreut zu, und als sie mit einem dunkelroten Vino tinto aus dem Gebiet Ribera del Duero anstießen, der Carmen da Silvas Lieblingswein war, begann ein wunderschöner Abend.

Nachdem sie eine Tortilla de patatas und einen Pulpo nach galizischer Art serviert bekommen hatten, folgte eine Reihe weiterer Tapas aus der spanischen Küche.

Während sie das Essen genossen, begannen zwei Musiker mit ihren Gitarren typisch spanische Flamenco-Musik zu spielen. Es entstand eine Atmosphäre, die beide einander näherbrachte und auch eine leicht melancholische Stimmung verbreitete.

»Wo haben Sie so gut Deutsch gelernt, Carmen?«, wollte Michael wissen.

»Keine große Anstrengung für mich, da ich einige Semester in Frankfurt und Berlin studiert habe«, antwortete sie.

»Wie war Ihre Zeit in Deutschland, konnten Sie sich mit den deutschen Lebensgewohnheiten anfreunden?«, fragte Michael dann.

»Ja, besonders die deutsche Gründlichkeit und der Fleiß der Menschen haben mich beeindruckt, aber die spanische Lebensart habe ich schon etwas vermisst«, erklärte sie.

Das Essen mit den immer neuen Köstlichkeiten, der samtweiche Vino tinto und die angeregte Unterhaltung ließen sie die Zeit vergessen, und als sie deutlich nach Mitternacht in ein Taxi stiegen, bedankte sich Michael für diesen wunderschönen Abend.

»Buenas noches, auf dass uns der morgige Tag weiterbringt in unseren Verhandlungen. Michael, Sie waren ein sehr angenehmer Gast«, sagte sie und schaute ihm dabei in die Augen.

»Mein Gott, was für eine tolle, begehrenswerte Frau«, dachte Michael, als er sich von ihr verabschiedete. Lange Zeit war es her, dass er einen Abend mit einer solch attraktiven Frau verbracht hatte.

Der Vino tinto ließ ihn in einen tiefen Schlaf sinken.

Als er gegen neun Uhr das Bürogebäude der Firma Quentes betrat, war er frohgelaunt, und das umso mehr, als er Carmen da Silva erblickte, die ihn mit einem umwerfenden Lächeln begrüßte.

»Ich hoffe, Sie hatten eine gute Nacht und sind für neue Taten gerüstet.«

»Wenn ich Sie sehe, fällt das wirklich nicht schwer«, antwortete er spontan und dachte daran, dass er schon sehr lange keine solchen Komplimente mehr gemacht hatte.

Die Verhandlungen begannen mit der Erklärung des Vorstandes von Quentes, dass man am Kauf der Firmen in Argentinien grundsätzlich interessiert sei und jetzt der Kaufpreis sowie die Übernahmebedingungen verhandelt werden müssten.

Als nach Stunden immer noch keine Einigung bezüglich des Preises erzielt wurde, machte Carmen da Silva den Vorschlag, dass jede Partei die von ihr angestrebte Summe auf einen Zettel schreiben und man sich dann in der Mitte treffen solle.

Michael Cronrath schaute Carmen da Silva an und blickte in ihre Augen.

Er war sicher, diese Frau würde ihn nicht betrügen, und er sagte: »Ich bin einverstanden und vertraue Ihnen.«

Als die Zahlen auf dem Tisch lagen, war klar, dass die Vorstellungen der Parteien 50.000 Euro auseinanderlagen, und das bei einer Gesamtsumme von mehr als 20 Millionen.

Michael Cronrath betonte aber, dass die Bedingungen der Übernahme nun verhandelt werden müssten. Man vertagte dies auf den nächsten Morgen.

»Señor Cronrath, heute Abend möchte ich Ihnen gerne unsere Flamenco-Kultur näherbringen und Sie in eine Flamenco-Show einladen«, sagte Carmen da Silva. Michael stimmte hocherfreut zu und bedankte sich mit einem eleganten Handkuss bei ihr.

Gegen 21 Uhr fuhren sie in den Stadtteil La Latina, wo sich einige bekannte Flamenco-Lokale befinden.

»Wir gehen heute nicht in das größte Showlokal, sondern in ein typisches und uriges Lokal im südspanischen Stil«, kündigte Carmen da Silva an.

An den Wänden neben der kleinen Bühne waren Bilder von bekannten Flamenco-Tänzerinnen verteilt, und als die spanischen Flamenco-Gitarren erklangen, da kamen Michael Erinnerungen an Buenos Aires.

»Señor Cronrath, hier trinkt man Sangria und isst dazu die typischen Tapas, ich nehme an, Sie sind damit einverstanden.«

»Ich begebe mich heute ganz in Ihre Obhut und freue mich auf diesen spanischen Abend. Aber ich schlage vor, dass wir das strenge ›Sie‹ weglassen und das ›Du‹ verwenden«, sagte Michael und ergriff ihre Hände dabei.

Carmen nickte erfreut und ihre Augen fingen an zu leuchten, als sie ihm mit einem Glas Sangria zuprostete.

Die Flamenco-Show, die jetzt begonnen hatte, zog beide immer mehr in ihren Bann. Diese Musik, die aus der Kultur der Sinti und Roma entstand und auch von den Arabern beeinflusst wurde, nahm sie mit ihren tragischen und poetischen Zügen ganz gefangen. Die Tänzerin in ihrem Flamenco-Kostüm und ihr Tanzpartner versprühten eine Leidenschaft, von der Carmen und Michael, wie auch die anderen Anwesenden, zunehmend berührt wurden.

»Flamenco wird gefühlt und liegt im Blut«, flüsterte Carmen und setzte sich etwas näher an Michael heran.

Ihr Charme und ihr Liebreiz verfehlten nicht ihre Wirkung. Michael fühlte sich immer mehr von Carmen angezogen, auch weil die Leidenschaft des Flamencos den Raum erfüllte.

Sie tranken Sangria und schauten sich tief in die Augen, und als sie weit nach Mitternacht flüsterte: »Wollen wir gehen, Michael?«, da hatte er das Verlangen, mit ihr diese Nacht zu verbringen.

Als ihn dieser Gedanke erfasste, musste er unwillkürlich an Maria Emilia denken, und er wurde ein wenig traurig.

Carmen sah ihn fragend an, und als das Taxi vor seinem Hotel anhielt, ergriff er ihre Hände. »Carmen, sorry, es liegt nicht an dir. Die Vergangenheit hält mich immer noch gefangen und ich bin nicht frei in meinem Handeln. Bitte sei nicht enttäuscht, ich werde dir morgen alles erklären«, sagte Michael und gab ihr einen Abschiedskuss.

Er sah das große Bedauern auf Carmens Gesicht, als das Taxi in die Nacht hinausfuhr.

Am nächsten Morgen ging Michael mit zögernden Schritten ins Gebäude der Firma Quentes. Als Carmen auf ihn zukam, war er sehr verunsichert.

»Buenos días, Michael, ich freue mich, dich wiederzusehen an diesem sonnigen und schönen Tag hier in Madrid.«

Michael blickte in ihre Augen, die ihn strahlend wie immer ansahen, und als er etwas sagen wollte, entgegnete sie: »Lass uns erst das Geschäftliche hinter uns bringen, dann haben wir den gesamten Nachmittag frei und können unsere Dinge bereden.«

»Kluge Frau«, dachte Michael und nahm an dem Konferenztisch Platz.

Nach dem Durcharbeiten der Vertragsentwürfe, was große Textänderungen zur Folge hatte, konnten sich die Parteien nicht bis zum Mittag einigen und vereinbarten, die Verträge am nächsten Tag weiter zu verhandeln.

Carmen ergriff die Hand von Michael und sie gingen aus dem Bürogebäude in Richtung Taxistand.

»Ich wollte dir zunächst das Palacio Real, den Königspalast zeigen, und dann könnten wir, wenn du einverstanden bist, gemütlich bis zur Plaza Mayor gehen und dort zusammen essen.«

Sie spazierten über den breiten Ehrenhof vor dem Palacio Real und traten durch die Puerta del Principe, das Prinzentor, in das eigentliche Schloss ein.

»Das Palacio beherbergt ca. 2.000 Säle, Salons oder Kabinette und war seinerzeit eines der größten Schlösser in Europa«, erklärte Carmen.

Michael war vor allem von dem prächtigen Thronsaal, der Spiegelgalerie und der Schlosskapelle begeistert.

Als sie nach zwei Stunden Aufenthalt das Schloss über die breiten Treppen verließen, gingen sie in Richtung Plaza Mayor, dem größten Platz von Madrid.

Michael betrachtete die vierstöckigen Gebäude, die den weitläufigen Platz umrahmten. In den Bogengängen befanden sich Geschäfte und Lokale.

Bei wunderschönem Wetter setzten sie sich in eines der vielen Restaurants auf der Plaza und genossen die Nachmittagssonne.

Nachdem sie eine Manzanilla bestellt und den ersten Schluck dieses hervorragenden spanischen Aperitifs genossen hatten, nahm Michael Carmens Hand und fing an, erst zögernd, dann aber immer zügiger, von seiner Geschichte und von Maria Emilia zu erzählen.

Carmen, die ihm gespannt zuhörte, war ergriffen von der Tragik dieser Beziehungsgeschichte, die Michael durchlebt hatte.

»Die Wunde, die der plötzliche Tod von Maria Emilia bei mir hinterlassen hat, ist bis heute nicht ganz verheilt. Deshalb bin ich leider noch nicht offen für eine neue Beziehung, und von daher bitte ich dich, meine Reaktion von gestern Abend zu verstehen«, erklärte Michael und sah ihr dabei in die Augen. »Du bist eine wunderbare, charmante Frau und du bist sehr begehrenswert. Bitte lass mir noch etwas Zeit!«

Carmen, die still zugehört hatte, erzählte nun aus ihrer Vergangenheit.

»Michael, mein Leben hatte etwas weniger Tragik, aber ich habe eine große Enttäuschung hinter mir, die ich, Gott sei Dank, überwunden habe.

Nach zwölf Jahren glücklicher Ehe musste ich feststellen, dass mein Mann mich über Jahre hinweg mit meiner besten Freundin betrogen hatte. Ich habe mich dann scheiden lassen und die letzten Jahre ohne eine feste Partnerschaft verbracht.«

Sie saßen noch einige Zeit still beieinander und mussten die geschilderten Schicksale erst einmal verarbeiten.

Der nächste Verhandlungstag begann sehr positiv und Michael konnte auch die Beschäftigungsgarantie für die Dauer von fünf Jahren im Vertrag festschreiben lassen. Am Mittag wurden dann die Verträge unterzeichnet.

Michael wollte am Nachmittag einen Spaziergang im bekannten Retiro-Park machen, der mit einer Fläche von 125 Hektar einer der größten Parks in der Kapitale Madrid ist.

Carmen war sehr erfreut, noch ein paar Stunden der Gemeinsamkeit mit Michael gewonnen zu haben. Sie zeigte ihm die verschiedenen Gärten, die hier gepflegt wurden, und sie saßen lange Zeit in einem Gartenlokal mit Blick auf den großen See inmitten des Retiro.

Sie tranken Manzanilla, beobachteten die zahlreichen Besucher und schmiegten sich eng aneinander. Als sie dann an der großen Statue, die einen gefallenen Engel darstellen sollte, vorbei in Richtung Ausgang schlenderten, kam Wehmut auf und Carmen rannen ein paar Tränen die Wangen hinunter.

Gegen Abend begleitete sie ihn zum Madrider Flughafen Barajas.

In der Abflughalle standen sie sich gegenüber wie zwei Menschen, die sich nähergekommen waren, aber deren gemeinsame Zukunft noch offen war.

»Es war eine sehr schöne Zeit mit dir und ich bin sehr froh, dich kennengelernt zu haben«, sagte Michael und fügte hinzu: »Ich freue mich jetzt schon auf unser Wiedersehen in Buenos Aires in drei Wochen.«

»Michael, du hast mir das Gefühl und die Hoffnung wiedergegeben, dass es für mich eine Zukunft in einer Partnerschaft geben kann. Ich denke, wir werden in Buenos Aires genügend Zeit haben, um uns näherzukommen«, sagte sie, nahm ihn in die Arme und gab ihm einen verstohlenen Kuss.

Am Gate winkte sie noch, bis Michael im Sicherheitsbereich verschwunden war. Tränen rannen ihr die Wangen hinunter. Sie hatte sich von einem Menschen verabschiedet, der ihr wichtig geworden war und in den sie sich verliebt hatte.

Als das Flugzeug der Iberia in der Luft war, dachte auch Michael über die vergangenen Tage in Madrid nach, und er dachte an Carmen, die ihm sehr nahegekommen war.

Nach der Landung in Frankfurt rief er seinen Freund und Berater Jürgen Kalpers an und verabredete sich mit ihm in einer Bar im Westend.

Jürgen Kalpers berichtete, dass er die Verträge für den Verkauf der Firmen in Frankfurt unterschriftsreif vorliegen habe und Michael morgen unterschreiben könne.

»Danke, mein Freund, du hast wie immer einen super Job gemacht. Auf dich ist einfach Verlass«, lobte er ihn.

»Michael, wir bitten dich, für den Zeitraum von zwei

Jahren den Beirat der Holding als Vorsitzender zu leiten. Deine Erfahrung in allen Geschäftsbereichen wäre gut für die Unternehmen und würde für dich keine abrupte Trennung bedeuten.«

Michael war sehr erfreut über den Vorschlag und sagte spontan zu.

»Was hast du mit deiner Villa in Bad Homburg vor? Soll die auch verkauft werden?«, fragte ihn sein Freund.

Michael hatte sich darüber noch keine abschließenden Gedanken gemacht. Der Verkauf des Hauses würde das letzte Band mit Frankfurt und damit mit Deutschland kappen.

Jürgen Kalpers, der das Zögern seines Freundes bemerkte, sagte: »Mein Neffe, der in der Holding als Assistent der Geschäftsführung arbeitet, könnte die Einliegerwohnung, die früher deine Tochter bewohnt hat, mieten. Somit bliebe die Villa nicht gänzlich unbewohnt.«

Auch diesem Vorschlag stimmte Michael sofort zu, weil er dann, wenn er zukünftig geschäftlich in Frankfurt sein würde, in gewohnter Umgebung wohnen könnte.

Unterdessen hatte in Buenos Aires der Prozess gegen Enrico Gualtori begonnen und war nun in eine entscheidende Phase eingetreten.

Jorge saß im Gerichtssaal und verfolgte die Verhandlung, die Gualtori, der sehr schwer bewacht wurde, offensichtlich unberührt ließ. Bei Unterhaltungen, die Jorge mit anderen Anwesenden und Betroffenen führte, entstand der Eindruck, dass der Angeklagte relativ ungeschoren davonkommen würde, wegen seiner Nähe zur Regierung.

Am vorletzten Tag ergab sich jedoch plötzlich eine

Wendung, die kein Prozessbeobachter erwartet hatte. Die Staatsanwaltschaft präsentierte zwei Zeugen, die unabhängig voneinander und unter Eid aussagten, dass der Angeklagte mindestens zwei Morde in Auftrag gegeben hatte. Einer der Zeugen war ein von Gualtori gedüngter Mörder, der mit der Staatsanwaltschaft einen Deal vereinbart hatte und deshalb von einer lebenslangen Strafe verschont bleiben würde.

Nach den Plädoyers der Verteidigung und der Staatsanwaltschaft sollte am nächsten Morgen das Urteil verkündet werden.

Michael war pünktlich zur Urteilsverkündung angereist. Im Gerichtssaal lag eine spürbare Spannung.

Als das Gericht erschien, erhoben sich alle von ihren Plätzen und der Vorsitzende gab, nach umfassender Begründung, das Urteil bekannt: »Enrico Gualtori wird hiermit zu zweimal lebenslanger Gefängnishaft verurteilt.«

Es ging ein großes Raunen durch den Saal und Jorge gab Michael erfreut die Hand und flüsterte ihm zu: »Damit ist Maria Emilia gerächt. Ich bin dankbar, dass es doch eine Gerechtigkeit in diesem Land gibt.«

Als sie das Gerichtsgebäude verließen, war Michael sichtlich entspannt und er konnte mit einem traurigen Kapitel seines Lebens abschließen.

»Wir haben immer mehr Kinder und Jugendliche aus anderen Provinzen, die bei uns Unterkunft und Bleibe suchen«, erklärte Katja, als sie mit Jorge und Michael in einem Meeting zusammensaß.

»Wir müssen die anderen Provinzen anregen, auch solche Kinderheime einzurichten. Ich werde in den nächsten Wochen bei den Provinzregierungen diesbezüglich intervenieren und unser Konzept vorstellen«, antwortete Michael.

»Aber was soll aus den Jugendlichen werden, wenn sie unsere Schule durchlaufen haben. Ihnen fehlt eine Berufsausbildung und damit der Einstieg in ein selbstbestimmtes Leben mit Zukunft«, erklärte Katja ihrem Vater.

»Wir brauchen eine Lehrwerkstatt und Kooperationen mit Firmen und Einrichtungen, um unseren Jugendlichen eine berufliche Zukunft zu ermöglichen«, sagte Jorge und ergänzte: »So was Ähnliches gibt es doch bei euch in Deutschland.«

»Eine solche Einrichtung wird einige Millionen Euro kosten und muss von einer Person betreut werden, die Erfahrung damit hat. Ich kenne den Leiter einer solchen Werkstatt in Frankfurt, den ich kontaktieren werde. Vielleicht ist er bereit, für einen begrenzten Zeitraum in Argentinien tätig zu werden«, sagte Michael und bedankte sich bei beiden für ihr bisheriges Engagement.

In den nächsten Wochen beschäftigte ihn diese neue Aufgabenstellung und sein Freund Jürgen Kalpers, der in Frankfurt den Fachmann Peter Rose für diese Aufgabe verpflichten konnte, meldete dessen Ankunft für den nächsten Monat an.

»Ich werde einen Teil des Erlöses aus dem Verkauf meiner Firmen für die Errichtung einer Lehrwerkstatt zur Verfügung stellen«, informierte Michael seine Tochter, die begeistert war und ihn ob seiner Großzügigkeit umarmte.

»Na ja, dein Erbe wird dadurch geringer ausfallen!«, merkte er lächelnd an.

Michael musste in diesen Wochen sehr oft an Carmen da Silva denken, mit der er ein paarmal telefoniert hatte, um die Übergabe der Firmen vorzubereiten. Er spürte dabei, dass sie auch Sehnsucht nach ihm hatte und sich sehr auf ein Wiedersehen freute.

Noch immer wohnte er in einem Hotelappartement im Stadtteil Palermo und fühlte sich dort zunehmend wie ein Durchreisender. Allmählich näherte er sich dem Gedanken, eine eigene Wohnung in Buenos Aires zu kaufen. Zumal er sich jetzt sicher war, dass seine Tochter Katja in La Plata mit dem Kinderheim eine dauerhafte Aufgabe gefunden hatte, die sie glücklich machte.

Schon vor einiger Zeit hatten seine argentinischen Geschäftspartner ihm ein Loft im schönen Stadtteil La Recoleta angeboten, das am Ende der Flaniermeile Avenida Alvear im obersten Stockwerk eines 15-stöckigen Gebäudes gelegen war. Die Wohnung war zwar nur 90 Quadratmeter groß, aber hatte eine schöne Terrasse mit viel Grün, von der man eine herrliche Aussicht auf Buenos Aires hatte.

Nach Abschluss des Kaufvertrages bat Michael seine Tochter, ihm bei der Einrichtung behilflich zu sein. Katja, die auch ein Semester Innenarchitektur studiert hatte, gestaltete das Loft zu einer modernen und anspruchsvollen Wohnung um, in der sich Michael schnell zu Hause fühlte.

Von hier aus konnte er die zahlreichen Bars und Restaurants zu Fuß erreichen, die neben extravaganten Gebäuden das Stadtviertel prägten.

Carmen da Silva bereitete sich auf die Reise nach Buenos Aires vor, um dort die Firmen von Michael Cronrath in das Imperium von Quentes zu integrieren.

Im Vorstand des Konzerns galt sie als aussichtsreichste Kandidatin für die Übernahme des Vorstandsvorsitzes. Mit viel Einsatz und unternehmerischer Weitsicht hatte sie bislang entscheidend zum Erfolg des Konzerns beigetragen.

Bei all der Arbeit und ihrem großen Engagement war sie jedoch in den vergangenen Jahren immer einsamer geworden. Alles drehte sich um ihren Job und private Dinge mussten hintenanstehen.

Durch die Bekanntschaft mit Michael Cronrath war ihre Sehnsucht nach Liebe und Partnerschaft wieder geweckt worden. In Gedanken durchlebte sie oft die wunderschönen Stunden, die sie in Madrid mit Michael verbracht hatte und in denen ihre Leidenschaft wieder aufblühte.

Kurzentschlossen hatte sie einen Tangokurs bei einem Meistertänzer des Tango Argentino in Madrid belegt, in dem sie elementare Prinzipien des Tanzes wie Körperhaltung, richtige Schrittfolgen, Führen und Folgen lernte. Der rasche Rhythmuswechsel des schnellen, beschwingten Tanzes begeisterte sie und die melancholische Musik entführte sie in Gedanken nach Buenos Aires.

Fast zehn Wochen waren mittlerweile nach der Abreise von Michael vergangen. Nun saß sie endlich im Flugzeug der Iberia und flog von Barajas nach Buenos Aires.

In den langen Flugstunden kreisten ihre Gedanken um ihr bisheriges Leben und um das, was sie in Buenos Aires erwartete.

Michael Cronrath stand in der Halle A des Flughafens Ezeiza und wartete auf die Landung von Flug IB 6845, der leicht verspätet um 19:50 Uhr landete.

Als die ersten Passagiere den Ausgang passierten, entdeckte er Carmen, die ein buntes Sommerkleid trug und strahlte, als sie Michael erblickte.

»Meine Güte, ist das eine hübsche Frau«, dachte er und nahm sie in seine Arme.

Beide standen für einige Minuten eng umschlungen im Strom der Passagiere.

»Herzlich willkommen in Buenos Aires«, konnte Michael nur knapp hervorbringen. Er war völlig gefangen von ihr und konnte seine Blicke nicht von ihr lassen.

»Wie war dein Flug, Carmen?«

»Wunderbar, ich hatte das Glück, von Business auf First Class upgraden zu können«, sagte sie und gab ihm ihre Hand.

»Lass uns schnell den Flughafen verlassen, er ist in der letzten Zeit unsicherer geworden. Diebstähle sind an der Tagesordnung«, sagte Michael.

Die Fahrt in die Innenstadt dauerte knapp eine Stunde, in der sie das Prozedere für die nächsten Tage besprachen.

Michael hatte für sie das Fünfsternehotel *Alvear Palace* gebucht, das nur wenige Minuten von seiner Wohnung entfernt lag. Nachdem sie eingecheckt hatte, verabredeten sie sich zum Abendessen im Hotel, das zwei hervorragende Restaurants hatte.

An der Hotelbar trank Michael eine Caipirinha und wartete erwartungsvoll auf Carmen, die wenig später in der Halle erschien. Sie trug ein körperbetontes rotes Kleid, das ihr Knie nur leicht bedeckte, und näherte sich mit tänzerischen Schritten der Bar.

Michael hatte für sie beide einen Tisch auf der Terrasse reserviert, von der sie einen Blick auf die hell erleuchtete Innenstadt von Buenos Aires hatten. Nachdem die Vorspeise, bestehend aus Empanadas (gefüllte Teigtaschen), serviert war, erhob Michael sein Glas und stieß mit Carmen an.

»Nochmals herzlich willkommen in dieser Stadt, auf dass wir, neben der Firmenübergabe, aufregende und schöne Tage hier verbringen werden.«

Das hervorragende Essen, der rote Merlot und der Blick auf die Stadt erzeugten eine Atmosphäre, die sie beide gefangen nahm.

Als sie sich dann nach Mitternacht in der Lobby mit einer innigen Umarmung verabschiedeten, strahlten beide wie ein jung verliebtes Paar.

»Buenos noches, hasta mañana«, sagte Michael und sie flüsterte ihm ins Ohr: »Danke für den wunderschönen Abend.« Sie gab ihm einen Kuss auf seine Stirn und winkte ihm zu, als sie in den Aufzug stieg.

In den nächsten Tagen besuchten Carmen und Michael die drei Unternehmen, die jetzt übergeben werden sollten.

Zusammen mit Juan Pedro Perez, dem zukünftigen Leiter der Firmen, sollten die Mitarbeiter über Übernahme und Zukunft der Unternehmen informiert werden. Michael hatte in den Verträgen mit Quentes festschreiben lassen, dass in allen Fällen die Weiterführung für die nächsten fünf Jahre garantiert wurde.

Juan Pedro Perez war in Buenos Aires geboren und hatte längere Zeit bei Quentes in Madrid gearbeitet. Die Belange der Porteños, der einheimischen Bevölkerung, und ihre Denkweise waren ihm bestens bekannt. Deshalb lief die Übergabe der Unternehmen besser, als Michael es gedacht hatte, und es entstanden mehr Freiräume für ihn und Carmen.

Am Tage schlenderten sie durch die unterschiedlichen Stadtteile von Buenos Aires. Die bunten Fassaden von La Boca beeindruckten Carmen besonders, ebenso wie das Viertel San Telmo, im »Sur« der Stadt gelegen, mit seinen wunderschönen Altbauten aus dem 19. Jahrhundert, den vielen Restaurants und Bars mit Tangoshows.

Bei diesen Ausflügen kamen sich die beiden immer näher, und es entwickelte sich eine Vertrautheit, die bei den meisten Paaren erst nach Jahren der Gemeinschaft entsteht.

Sie saßen in einem Café an der Plaza de Mayo, das sich gegenüber der Casa Rosada, dem Amtssitz des Staatspräsidenten, befand. Michael reichte Carmen die Hände und sah sie an.

»Was für eine wunderschöne Zeit mit dir. Ich freue mich sehr, dir dies alles zu zeigen. Ein Highlight fehlt aber noch: der Tango. Deshalb möchte ich dich heute Abend in eine Tangoshow einladen, um dir den Tango Argentino näherzubringen.«

Carmen strahlte ihn an, verriet ihm aber nicht, dass sie einen Tangokurs in Madrid absolviert hatte. Es sollte eine Überraschung für ihn sein.

Michael hatte für den Abend in dem bekannten Tangotempel *El Viejo Almacén* in San Telmo Plätze für sie gebucht.

»Dieses Haus war früher das Lagerhaus Balcarce, das mehrfach umgebaut wurde und heute eine kulturhistorisch bedeutsame Sehenswürdigkeit ist. Hier wird Tango Argentino präsentiert, von einem großen Orchester, mehreren Tanzpaaren und zwei Sängern. Dieses Tangolokal hatte schon viele berühmte Gäste, wie zum Beispiel König Juan Carlos und Königin Sofia«, erläuterte Michael, nachdem sie an einem Tisch am Rande der Tanzfläche Platz genommen hatten.

»Oh, welche Ehre!«, bemerkte Carmen und war begeistert von dem Ambiente des Lokals.

Die Wände waren mit Bildern von bekannten Sängern und Tänzerinnen dekoriert und auf die Wand an der Bühne war ein historisches Bild des *El Viejo Almacén* projiziert. Dadurch wurde der Eindruck erweckt, als bewegten sich die Tanzenden auf der Straße vor dem Tangolokal. Zu dem Gesamteindruck passten die runden Tische, die mit roten Tischdecken bedeckt waren.

Zu Beginn spielte das Orchester einen schnellen, beschwingten Tango, der als »Milonga« bezeichnet wird und die fröhlichere Schwester des Tangos ist.

Später wechselte der Rhythmus ins Langsame und Melancholische und der Sänger besang, wie es für den Tango Argentino typisch ist, eine gescheiterte Liebesbeziehung und versank immer mehr im Selbstmitleid.

Beeindruckt sahen Michael und Carmen den Tangopaaren zu. Die Tänzerinnen schmiegten sich in ihren engen roten Kleidern an die Herren, die graue gestreifte Anzüge und einen Hut trugen. Sie führten das linke Bein ganz nach hinten, ihr rechtes Bein war angewinkelt und hielt Kniekontakt zum Tanzpartner. Währenddessen schauten sie zu den Tänzern hinauf, die sich über ihre Tanzpartnerinnen beugten.

Michael und Carmen waren fasziniert von der dargebotenen Eleganz und dem Einfühlungsvermögen der Tanzpaare.

»Der Tango ist getanzte Liebe, die mich immer wieder gefangen nimmt«, flüsterte Michael Carmen ins Ohr, die sich sichtlich von der Stimmung wegtragen ließ.

»Wie gerne würde ich jetzt mit Michael tanzen und mich dem Tanz hingeben«, dachte Carmen.

Während der Darbietung genossen beide das hervorragende Menü und tranken roten Malbec aus Mendoza, der hier ausgeschenkt wurde.

Als die Dinner-Show nach mehr als zwei Stunden zu Ende ging, wurden die Gäste aufgefordert, sich jetzt selbst dem Tango hinzugeben.

Carmen schaute Michael in die Augen, was beim Tango einer Aufforderung zum Tanz gleichkommt. Freudig und überrascht führte Michael sie auf die Tanzfläche.

Sie begannen mit einfachen Tanzschritten und Schrittmustern, zu denen Michael die Führungsimpulse gab. Dabei zeigte Carmen ein hohes Maß an Einfühlungs- und Reaktionsvermögen.

Beide stimmten ihre Körperhaltung und das Zusammenspiel aus Führen und Folgen immer perfekter aufeinander ab, und man konnte glauben, dass dieses Paar schon sehr lange miteinander verbunden war.

Beim letzten Tanz, ein langsamer, melancholischer Tango, hatte Carmen ihr linkes Bein angewinkelt und um die Hüfte von Michael geschlungen. Sie waren sich dabei so nah wie nie zuvor und ihre Blicke tauchten ineinander. Eine magische Anziehungskraft entstand, die sie in eine Art Rausch versetzte.

Als sich alle Paare von der Tanzfläche entfernt hatten, standen beide eng umschlungen dort. Michael küsste sie und flüsterte ihr ins Ohr: »Lass uns den Abend in meinem Loft ausklingen. Ich möchte diese Nacht mit dir verbringen.«

Sie verließen Arm in Arm das Lokal und fuhren in seine Wohnung nach La Recoleta.

Im Taxi fragte Michael: »Wo hast du so hervorragend Tango gelernt?«

»Ich habe in Madrid einen Lehrer gefunden, der mich auf Buenos Aires und den Tango vorbereitet hat«, antwortete sie.

Sie verließen das Taxi wie zwei, die zum ersten Mal verliebt waren, und im Aufzug küssten sie sich leidenschaftlich.

Kaum hatten sie die Wohnungstür hinter sich geschlossen, begannen sie, sich gegenseitig auszuziehen, bis sie nackt auf Michaels großem Bett lagen und ihre Körper gegeneinander pressten.

Sie liebten sich leidenschaftlich wie zwei nach Liebe und Sex Ausgehungerte und erreichten beide mehrmals gleichzeitig den Höhepunkt.

Gegen Morgen schliefen sie erschöpft ein und erwachten erst, als die Sonne ihnen ins Gesicht schien.

»Bleibe noch etwas im Bett. Ich werde das Frühstück auf der Terrasse anrichten«, sagte Michael und küsste sie sanft auf den Mund.

Während sie frühstückten, genossen sie den Blick auf die Dächer von Recoleta.

Carmen schmiegte sich an Michael und flüsterte ihm ins Ohr: »Das war die schönste und aufregendste Nacht in meinem Leben.«

»Mir geht es ebenso, du hast mich alles Vergangene vergessen lassen«, sagte Michael und ergänzte: »Ich habe nicht mehr wirklich daran geglaubt, dass mein Leben eine solche Wende nehmen würde. Dafür bin ich dir sehr dankbar, Carmen.«

Am späten Nachmittag fuhren beide nach La Plata und besuchten das Kinderheim. Katja sollte Carmen endlich kennenlernen, denn sie kannte sie bisher nur von den Erzählungen ihres Vaters.

Katja begrüßte Carmen sehr herzlich. »Willkommen hier in unserem Kinderheim und in Argentinien, dem Land unserer Wahl. Ich habe schon viel von Ihnen gehört und freue mich, Sie endlich persönlich kennenzulernen«, sagte sie und umarmte Carmen.

Katja führte sie dann durch die Einrichtung und erläuterte die Bedeutung ihres Kinderheimes, das sich um die Integration von Straßenkindern kümmere.

»Hier nebenan entsteht jetzt, als Ergänzung zu unserer Schule, eine Lehrwerkstatt«, erklärte Katja und machte Carmen mit Jorge bekannt. »Darf ich dir Jorge vorstellen, ohne dessen Engagement es hier nicht rundlaufen würde. Er kümmert sich zurzeit um den Bau der Werkstatt und verbringt deshalb auch seine Wochenenden in der Einrichtung.«

Jorge reichte Carmen etwas zurückhaltend die Hand und zeigte ihr die Baupläne für die neuen Gebäude. Er verhielt sich sichtlich distanziert, weil er die Beziehung zwischen seiner Mutter und Michael als endgültig betrachtete.

»Ohne diese Werkstatt müssten die Jugendlichen ohne Berufsausbildung ins Leben entlassen werden. So haben sie deutlich bessere Zukunftschancen«, erklärte Jorge.

Carmen, die sehr interessiert alle Erläuterungen aufnahm, fragte die beiden dann: »Wie werden denn diese Millionenprojekte finanziert? Wer gibt das Geld dafür?«

»Nun, das ist schnell beantwortet. Mein Vater trägt ca. 40 Prozent der gesamten Investitionen, der Rest kommt vom Erbe, das Maria Emilia hinterlassen hat, und ein kleiner Teil von privaten Spendern, meist aus Deutschland, zu denen mein Vater gute Kontakte hat.«

Carmen war beeindruckt und dachte: »Da verkauft ein erfolgreicher Geschäftsmann seine profitablen Unternehmen und steckt einen Großteil des Geldes in diese soziale Einrichtung?«

Sie sah Michael jetzt in einem ganz anderen Licht. Bisher hatte sie in ihm lediglich den erfolgreichen Businessman erblickt, der viel Geld gemacht hatte.

Am Abend saßen alle beim Essen zusammen und sprachen über die Zukunft der Einrichtung.

»Ich werde nach meiner Rückkehr in Madrid meine Firma für eine nennenswerte Spende begeistern und auch mit anderen darüber sprechen«, sagte Carmen.

Der Finanzbedarf für die Vergrößerung des Projektes lag bei ca. zwei Millionen Euro. Deshalb war Michael sehr erfreut über die angebotene Unterstützung, mit der er nicht gerechnet hatte.

Katja nahm Carmen in ihre Arme und frohlockte: »Ich glaube, wir haben eine neue Mitstreiterin für unser Projekt und die armen Kinder des Landes gefunden.«

Der Ausklang des Abends fand dann in einer Bar in La Plata statt, in der sie sich, bei Rotwein und Tapas, noch über das Leben in Argentinien unterhielten.

In dieser Nacht schlief Carmen in ihrem Hotel und dachte noch lange über das nach, was sie heute erleben durfte. Das soziale Engagement, ganz losgelöst von dem üblichen Profitdenken, war für sie eine neue Erfahrung und beeindruckte sie sehr.

Am nächsten Tag trafen sich Carmen und Michael erst am Nachmittag im Hotel. Sie hatte den Wunsch geäußert, das Grabmal der Präsidentenfamilie Duarte, in dem auch Evita Peron ihre letzte Ruhe gefunden hatte, in La Recoleta zu besuchen.

»Ich verehre Evita Perón«, erklärte Carmen. »Nicht nur deshalb, weil sie sich als Gattin des Präsidenten Duarte für die Armen des Landes eingesetzt hat, sondern ganz besonders, weil sie großen Einfluss nahm auf die Rolle der Frauen in der Politik. Durch Evitas Einfluss wurde zum Beispiel das Wahlrecht für Frauen in Argentinien eingeführt, ein Meilenstein in der Geschichte.«

Sie gingen zu Fuß zu dem nahgelegenen Friedhof, der aus gemauerten, monumentalen Bauten besteht. Das Grabmonument der Familie Duarte hebt sich in seiner Größe von den umliegenden deutlich ab. Eine Gedenktafel erinnert an Evita Perón, deren Sarg in sechs Metern Tiefe in der Gruft steht.

Anschließend besichtigten sie die nahegelegene schöne Basilika Nuestra Señora del Pilar. Der Hauptaltar, ausgelegt mit ziseliertem Silber, beeindruckte beide sehr.

»Die Kirche ist ein begehrter Ort für Hochzeiten und bereits für Monate ausgebucht«, erklärte Michael.

»Eine Trauung in dieser Basilika stelle ich mir sehr romantisch vor«, antwortete Carmen und nahm Michael in ihre Arme.

Beide hingen dem Gedanken nach, wie schön es wäre, einmal hier gemeinsam stehen zu können.

Am nächsten Tag kam ein Anruf von Quentes aus Madrid. Carmen da Silva wurde dringend in der Konzernzentrale gebraucht und sollte so schnell wie möglich zurückkommen.

Sie buchte den Rückflug und teilte es Michael mit, der sehr überrascht und auch traurig war. So schnell hatte er mit ihrer Rückkehr nach Madrid nicht gerechnet.

Für den letzten Abend hatte er einen Tisch im *La Tasca de Germán* in Recoleta reserviert.

»Das Restaurant ist für seine frischen Meeresfrüchte berühmt«, erklärte Michael.

Als die Empanadas de vigilia (Fischteigtaschen) serviert wurden, begannen sie nur zögernd mit dem Essen. Beide hatten an diesem Abend des Abschiedes keinen großen Appetit und hingen ihren Gedanken nach.

»Michael, ich kann Quentes jetzt nicht im Stich lassen oder hinhalten. Ich werde für die Vertragsverhandlungen mit einem chinesischen Partner gebraucht. Es geht dabei um ein Großprojekt, ich hoffe, du verstehst meine Handlungsweise.«

»Carmen, was wird aus uns, aus unserer Liebe? Ich liebe dich sehr und möchte mit dir mein Leben verbringen!«

Carmen, die traurig und niedergeschlagen wirkte, legte ihre Arme um Michael.

»Du bist meine große Liebe und auch ich möchte mit dir zusammen sein. Aber die Zeit dafür ist noch nicht reif. Wie du weißt, stehe ich vor meinem größten beruflichen Erfolg, der Berufung zur Vorstandsvorsitzenden des Konzerns.

Gerne möchte ich noch das große Projekt in China auf den Weg bringen und abschließen. Du hast deine Berufung hier in Buenos Aires gefunden, ich bin gedanklich noch nicht so weit. Liebling, bitte verstehe mich.«

Michael goss Vino blanco in zwei Gläser und prostete ihr zu.

»Natürlich verstehe ich dich, auch ich habe mein halbes Leben dem Business untergeordnet. Lass uns einen gemeinsamen Weg für die Zukunft finden.«

Lange unterhielten sie sich noch über die verschiedenen Möglichkeiten.

Danach gingen beide in Michaels Wohnung und verbrachten dort die Nacht miteinander. Eine Leidenschaft wie am ersten Abend kam nicht auf. Carmen lag still in den Armen von Michael und beide waren in Gedanken mit der Zukunft beschäftigt.

Am nächsten Tag brachte Michael sie zum Flughafen. Der Iberia-Flug IB 6845 hatte sich etwas verspätet, sodass beide noch eine Weile in der Abflughalle zusammensaßen.

»Carmen, bitte lass mich nicht zu lange warten, jeder Tag ohne dich ist ein verlorener Tag, ich liebe dich sehr«, sagte Michael und küsste sie.

»Ich verspreche dir, dass wir oft miteinander telefonieren und dass wir uns wiedersehen werden in Buenos Aires«, sagte Carmen, bevor sie durch die Passkontrolle am Gate ging und ihm zum Abschied einen Handkuss zuwarf.

Michael stand einsam und unendlich traurig in der Abflughalle, Tränen liefen über seine Wangen.

Er hatte bis zuletzt geglaubt, Carmen noch umstimmen zu können.

Katja bemerkte, dass Michael deprimiert war und ihm jegliche Energie fehlte. Sie machte sich Gedanken um ihren Vater, da sie ihn nur in der Zeit nach dem Tod von Maria Emilia so niedergeschlagen erlebt hatte.

»Papa, Jorge und ich laden dich heute Abend in dein Stammrestaurant in Palermo ein. Bitte sage ja, wir würden uns sehr freuen.«

Michael willigte ein und sie trafen sich im *Rio Alba*, wo er sein Lieblingsgericht, Bife de Lomo, bestellte.

»Papa, wir sind sicher, dass du Carmen wiedersehen wirst. Wir würden uns sehr täuschen, denn sie liebt dich. Bitte lass ihr noch etwas Zeit, bis sie ihre Ziele verwirklicht hat.

Wir brauchen dich mit deiner Energie und Erfahrung für den Bau der Lehrlingswerkstatt. Alleine können Jorge und ich diese Aufgabe nicht stemmen. Die armen Kinder und Jugendlichen brauchen uns.«

»Katja, du hast ja recht, aber ich hatte bereits weit nach vorn gedacht und mich schon zusammen mit Carmen hier in Buenos Aires gesehen. Ich habe einfach ihre Situation nicht genügend bedacht. Ich werde euch jetzt wieder mit vollem Elan unterstützen, versprochen!«

Danach klang der Abend mit einem guten Merlot bei angenehmer Stimmung aus.

In den nächsten Tagen engagierte sich Michael wie gewohnt im Kinderheim. Katja war sehr froh darüber, dass er seine Lethargie überwunden hatte und auch wieder mit Carmen telefonierte, die ihm ihre Liebe versicherte.

Sie erhielten eine Anfrage von der Stadt Mendoza, deren Stadtoberen sich für das Kinderheimprojekt interessierten. Michael plante deshalb dort einen Besuch in ca. drei Wochen ein. Er bat Jorge darum, ihn zu begleiten und hierfür eine PowerPoint-Präsentation zu erstellen, die einen Überblick über das gesamte Projekt geben sollte.

Carmen beschäftigte sich derweil mit dem großen Chinaprojekt, es ging um die Ausstattung einer kompletten Fabrik für große Rohrsysteme mit Einrichtungen und Maschinen. Dafür kam ihr das Know-how zugute, das Quentes von Michael erworben hatte.

Sie arbeitete in diesen Wochen der Projektvorbereitung zwölf Stunden am Tag und ließ kaum privates Leben zu. Abends, wenn sie erschöpft auf der Terrasse ihrer Wohnung im Stadtteil Salamanca saß, dachte sie an Michael, den sie sehr vermisste. Ihr fehlten seine Liebe, seine Zärtlichkeit und die gegenseitige Vertrautheit.

An Sonntagen ging sie manchmal zum Park *Maria Eva Duarte de Perón*, der ganz in ihrer Nähe gelegen war, und betrachtete die Statue von Evita Perón am Eingang. Wenn sie dann in dem kleinen, aber gemütlichen Park auf einer Bank saß und den verliebten Paaren nachschaute, dann befiel sie eine Wehmut, die erst verflog, als sie mit Michael telefonierte.

Sie war dankbar, dass sie durch das Projekt abgelenkt wurde und sich so gedanklich etwas von Buenos Aires lösen konnte.

Bevor sie nach Shanghai flog, telefonierte sie noch lange mit Michael, der ihr von seinen Erfahrungen mit der Verhandlungstaktik chinesischer Partner berichtete.

»Du benötigst sehr viel Geduld und Ausdauer. Prüfe die Vertragspapiere genau, ob die chinesische Version mit der englischen übereinstimmt, die schrecken vor nichts zurück.«

Des Weiteren empfahl er ihr, im altehrwürdigen *Peace Hotel* am Bund ein Zimmer zu nehmen.

»Von dort hast du einen traumhaften Blick auf das Zentrum und den Huangpu River. Vergiss nicht, in den Jazzkeller zu gehen. Dort spielt eine großartige Old Jazz Band, du wirst begeistert sein. Ich werde in Gedanken bei dir sein, mein Liebling.«

»Auch ich werde an dich denken, mein Herz«, hauchte sie ins Telefon und legte traurig den Hörer auf.

In Buenos Aires trafen Michael und Jorge die letzten Vorbereitungen für den Besuch in Mendoza.

Am Nachmittag fuhren beide zum Flughafen Ezeiza und flogen pünktlich um 17 Uhr mit Aerolineas Argentinos ab.

Als sie am Flughafen El Plumerillo ankamen, wurden sie von einer Delegation der dortigen Stadtverwaltung empfangen und herzlich begrüßt.

Nach einigen Minuten Autofahrt kamen sie im Zentrum von Mendoza an und wurden in das von der Stadt gebuchte Hotel *Diplomatic* begleitet.

Ihre Zimmer hatten einen Blick auf die Stadt und im Hintergrund konnten sie den schneebedeckten Berg Cerro Aconcagua bewundern, der mit seinen 6.900 Metern die anderen Andenberge überragt.

Nachdem sie sich frischgemacht hatten, gingen sie in einen kleinen Saal, in dem ein Imbiss vorbereitet war. Dort stellten die Mitglieder der Stadtverwaltung ihre Stadt vor: »Mendoza ist die Hauptstadt der gleichnamigen Provinz und hat mit ihren Vororten fast eine Million Einwohner. Rund um die Stadt befindet sich ein berühmtes Weinbaugebiet mit weltbekannten Bodegas, die unter anderem den hervorragenden Malbec anbauen.

Man nennt Mendoza auch ›Oasenmetropole‹, weil alles, was grünt und blüht, in dieser trockenen Hochebene bewässert werden muss.«

Nach der Vorstellung verabredeten sie sich für den nächsten Tag in einem Konferenzraum des Hotels, um über das Kinderheimprojekt zu sprechen.

Am Abend speisten Michael und Jorge im Restaurant des Hotels, das für seine mediterranen Gerichte bekannt war.

Nachdem sie die Vorspeise gegessen hatten und mit einem Glas Malbec angestoßen hatten, begann Jorge: »Michael, ich muss mich bei dir entschuldigen für mein Verhalten gegenüber Carmen. Für mich war meine Mutter Maria Emilia ganz eng mit deiner Person verbunden. Es war für mich sehr schwer zu begreifen, dass es auch eine Zukunft gibt.«

»Jorge, deine Mutter war meine große Liebe. Ich wollte mit ihr mein ganzes Leben verbringen. Damals, nach ihrer Ermordung, bin ich in ein tiefes Loch gefallen und hatte schwere Depressionen. Durch Carmen gibt es für mich plötzlich wieder eine Zukunft, die so nicht vorhersehbar war. Sie gibt, neben Katja, meinem Leben wieder einen Sinn.«

»Michael, darüber freue ich mich sehr. Leider hadere ich immer noch mit meinem Schicksal, ohne meine Mutter aufgewachsen zu sein. Nie konnte ich sie richtig kennenlernen. Alles, was ich weiß, kenne ich aus Erzählungen von meinem Onkel und von dir. Aber ich bin sehr dankbar, dass sie auch noch über ihren Tod hinweg an mich und meine Zukunft gedacht hat. Die Arbeit mit den Kindern erfüllt mich und gibt meinem Leben einen Sinn.«

Beide waren froh über diese Aussprache und genossen die frischen Meeresfrüchte, die ihnen serviert wurden.

»Wie ist eigentlich eure Zusammenarbeit? Wie kommst du mit Katja zurecht?«, fragte Michael. »Ich habe den Eindruck gewonnen, dass ihr ein gutes Team geworden seid.«

»Nach einer Gewöhnungsphase haben wir zusammengefunden und Vertrauen aufgebaut. Ich mag ihre ruhige und überlegte Art und ihr freundliches Wesen, das jeden gefangen nimmt.«

Michael wollte nicht tiefer in die Gedankenwelt von Jorge eindringen. Gerne hätte er ihn gefragt, wie er Katja als Frau wahrnimmt und ob auch diesbezüglich eine größere Nähe entstanden ist.

»Es war ein schöner Abend und ich bin froh, dass wir uns einmal abseits unserer Arbeit im Kinderheim unterhalten konnten«, sagte Michael, als sie im Aufzug standen und sich verabschiedeten.

Nach einem etwas spärlichen argentinischen Frühstück trafen sich Michael und Jorge mit den Mitgliedern der Stadtverwaltung. Darunter war auch der stellvertretende Bürgermeister von Mendoza.

Michael machte zunächst grundsätzliche Ausführungen und sprach über die Notwendigkeit von Kinderheimen im Land.

»Wir dürfen die Kinder nicht der Straße und dem Elend überlassen, sie benötigen unsere Hilfe, nicht nur bei der Unterbringung, sondern auch bei der Ausbildung. Damit geben wir ihnen eine Chance für ihr Leben«, erklärte Michael unter dem Beifall der Zuhörer.

»Es war eine Argentinierin, die mit ihrem Erbe den Anstoß dafür gegeben hat und mich bewog, auch einen großen Teil meines Vermögens dafür einzusetzen. Heute darf ich Ihnen ihren Sohn Jorge vorstellen, der ein wesentlicher Stützpfeiler dieses großen Projektes geworden ist und der jetzt die weitere Präsentation übernehmen wird.«

Jorge führte die Anwesenden engagiert durch die PowerPoint-Präsentation und gab einen Überblick über die Entstehungsgeschichte. Überzeugend brachte er die Argumente, die für eine solche Einrichtung sprechen.

Er schloss seine Ausführungen mit dem Satz: »Machen Sie mit, engagieren Sie sich und nehmen Sie Geld dafür in die Hand. Die Kinder Ihrer Stadt und der ganzen Provinz werden Ihnen dankbar sein.«

Nach Beendigung des Vortrages bedankte sich der stellvertretende Bürgermeister für die interessanten Ausführungen: »Wir befassen uns hier in Mendoza schon einige Zeit mit einer solchen Einrichtung für unsere Straßenkinder und sind deshalb auf Ihr Projekt aufmerksam geworden. Der ganzheitliche Ansatz, Kinderheim, Schule und Lehrlingswerkstatt, aber auch die Mischfinanzierung mittels Spender ist ein sehr guter Lösungsansatz.«

Er lud sie und alle Mitglieder der Delegation zu einem Abendessen und zur Weinprobe in die bekannte Bodega Lagarde etwas abseits von Mendoza ein. Eine halbstündige Fahrt durch die Weingärten brachte sie an ihr Ziel, von wo man einen herrlichen Blick auf die schneebedeckten Berge der Kordilleren hatte.

Unter Feigenbäumen saßen sie auf der Terrasse an alten, schweren Holztischen und es entspannen sich Gespräche, aus denen auch immer wieder Stimmen der Bewunderung für das Engagement von Michael und Jorge herausklangen.

»Wir haben es anfangs nicht verstanden, warum ein Geschäftsmann aus Deutschland seine Kraft und sein Vermögen für unsere Kinder in Argentinien einsetzt. Jetzt wissen wir: Sie handeln aus Nächstenliebe und der Überzeugung, dass Vermögen auch eine Verpflichtung ist«, war anerkennend zu hören.

Nachdem die ersten Tapas serviert wurden, kosteten sie verschiedene Malbec- und Merlot-Weine, die zu den besten der Weinwelt gehörten. Es wurde geschmortes Schweinefleisch, Karottengemüse mit karamellisiertem Brie und pürierten Pilzen serviert, alles köstlich zubereitet.

Bevor sie zur Rückfahrt aufbrachen, bedankte sich Michael für die Bewirtung und äußerte nochmals seinen Wunsch, dass die Stadt sich für die segensreiche Einrichtung eines Kinderheimes entscheiden möge.

Jorge machte darüber hinaus das Angebot, bei der Planung mitzuwirken und seine Erfahrung mit einzubringen.

Am nächsten Vormittag flogen beide nach Buenos Aires zurück und waren sehr zuversichtlich, dass ihre Bemühungen nicht umsonst gewesen waren.

Der Jumbo der China Airlines landete nach neun Stunden Flugzeit auf dem Flughafen Pudong in Shanghai.

Carmen da Silva und ihr Vorstandskollege, Pablo Luis Artego, verließen das Flughafengebäude und stiegen in die Magnetschwebebahn, die sie in nur acht Minuten in die City von Shanghai brachte.

Dort, im Vorort Longyam, wurden sie von einer chinesischen Delegation abgeholt und in das altehrwürdige *Peace Hotel*, das Michael Carmen empfohlen hatte, begleitet. Man verabredete sich für das Abendessen in dem hoteleigenen *Dragon Phoenix Restaurant*.

Die Zimmer des Hotels waren sehr luxuriös und Carmen hatte einen Blick auf den Bund, wie die Uferpromenade genannt wird, und auf den breiten Huangpu River. Sie war von der Kulisse der riesengroßen Stadt, die aus Hochhäusern und Straßenschluchten bestand, beeindruckt. Solch große Menschenmassen, die sich durch die Fußgängerzone von Nanjing drängten, waren auch für Carmen, die selbst in einer Großstadt lebte, eine neue Erfahrung.

Die Gebäude am Bund waren von den Briten im 19. Jahrhundert erbaut worden und wirkten deshalb angenehm europäisch, ein Kontrast zur übrigen Stadt.

Am Abend trafen sie sich mit der chinesischen Delegation im *Dragon Phoenix Restaurant*, aus europäischer Sicht ein typisches chinesisches Lokal.

Hier hatte man einen wunderschönen Blick auf den Bund und Pudong, wo sich zahlreiche Wolkenkratzer, wie der Oriental Pearl Tower mit einer Höhe von 468 Metern, befinden.

Sie saßen inmitten des Restaurants an einem großen Tisch mit einer runden, drehbaren Platte, auf der, typisch für die chinesische Esskultur, die verschiedenen Speisen serviert wurden und von der sich alle selbst bedienen konnten.

Die Vielfalt der Speisen beeindruckte Carmen und ihren Kollegen. Es war ein gemeinschaftliches Esserlebnis, mit Speisen, die ihnen bis dato unbekannt waren. Neben diversen Reisgerichten waren so exotische Dinge wie Hühnerfüße und Fischköpfe dabei. Carmen durfte als Ehrengast, nach chinesischer Manier, die Augen aus dem Fischkopf herauspicken und essen.

Zwischen den Gerichten wurde ein chinesischer Schnaps serviert, der erst beim zweiten anfing zu schmecken, und mit dem Trinkspruch »Ganbei« in einem Zug geleert. Dazu gab es Tsingtao-Bier, das nach deutschem Rezept gebraut wurde.

Die Stimmung wurde immer beschwingter, und nachdem der Delegationsleiter ein paar freundliche Worte zur zukünftigen Zusammenarbeit gesprochen hatte, hob Carmen ihr Glas und prostete ihnen auf ein gutes Gelingen der Verhandlungen zu.

Nach dem Dinner fragte ihr Kollege Pablo Luis, ob sie ihn noch in den berühmten Jazzkeller begleiten würde, um den Abend dort ausklingen zu lassen.

Carmen willigte gerne ein und dachte: »Doch ein netter Mann und nicht so verschlossen, wie ich ihn in der Firma erlebe.«

Sie wurden von einer Jazzmusik verwöhnt, wie man sie sonst nur in New Orleans hören kann. Dabei tranken sie Maotai, einen chinesischen Schnaps, der bekannt ist für seinen hohen Alkoholgehalt.

»Er wird in weißen Flaschen aus Porzellan abgefüllt und ist das Edelgetränk in China«, erläuterte Pablo Luis.

»Woher weißt du das alles? Du scheinst die chinesische Lebensart sehr gut zu kennen?«, fragte Carmen.

»Oh, das ist eine lange Geschichte, die leider etwas traurig endet. Ich war einige Jahre mit einer chinesischen Kommilitonin zusammen. Wir haben uns sehr geliebt, aber nachdem sie ihre Masterprüfung absolviert hatte, beorderten sie ihre Eltern, die ihr das Studium finanziert hatten, zurück nach China. Sie verschwand ohne Verabschiedung nach Shanghai, wo sie wahrscheinlich heute noch lebt.«

»Das war sicherlich für dich eine riesige Enttäuschung.«

»Ich habe Jahre gebraucht, bis ich das überwunden hatte und wieder an die Liebe glauben konnte. Aber lass uns jetzt nicht negativen Gedanken nachhängen, sondern genießen wir den Abend. Es kommen anstrengende und arbeitsreiche Tage auf uns zu. Die Chinesen sind schwierige und für uns wenig kalkulierbare Verhandlungspartner.«

Um Mitternacht verließen sie den Jazzkeller und fuhren mit dem Aufzug in den zehnten Stock, in dem ihre Zimmer lagen.

Vor dem Einschlafen ließ Carmen den heutigen Tag noch mal Revue passieren und dachte auch an ihren Kollegen, den sie jetzt mit ganz anderen Augen sah. »Er ist sympathisch und einfühlsam, ganz anders als im Büro. Dort wirkt er unnahbar und nur auf die eigenen Dinge bedacht«, dachte sie und freute sich auf die Zusammenarbeit mit ihm.

In Buenos Aires wurde an diesem Wochenende die fertiggestellte Lehrlingswerkstatt eingeweiht. Zahlreiche Ehrengäste aus Politik und Wirtschaft waren gekommen. Sehr erfreut war Michael über die Anwesenheit einer Delegation der Provinz Mendoza.

Nachdem fast alle Ehrengäste ihre Glückwünsche und Anerkennung in Reden zum Ausdruck gebracht hatten, ging der Vizebürgermeister von Mendoza ans Mikrofon: »Lieber Michael Cronrath, wir möchten uns bei Ihnen und Jorge Pablo Cuzero noch mal ganz herzlich für Ihren Besuch in Mendoza bedanken. Wir dürfen Ihnen heute mitteilen, dass wir auch ein Kinderheim entsprechend dem hiesigen Konzept bauen werden. Wir möchten dabei um Ihre Unterstützung bitten, damit wir für unsere Straßenkinder bald ein solches Angebot haben.«

Michael zeigte sich erfreut darüber und sagte volle Unterstützung zu: »Jorge wird für einige Wochen nach Mendoza kommen und Ihnen bei der Planung behilflich sein.«

Michael hatte von Anfang an gehofft, dass andere Provinzen und Städte ihrem Beispiel folgen würden.

»Wenn das Maria Emilia sehen könnte. Sie wäre glücklich darüber, dass ihr Wunsch in Erfüllung geht. Kein Kind Argentiniens soll mehr auf der Straße leben müssen«, dachte Michael.

Vier Wochen später flog Jorge nach Mendoza, um bei der Planung mitzuwirken. Seine Erfahrungen waren dort sehr gefragt und er musste seine Anwesenheit, nach Rücksprache mit Michael, zweimal verlängern.

Täglich hatte er Sitzungen mit dem Planungsstab, an der auch die junge Architektin Esther Blumenthal teilnahm, eine hübsche blonde Frau, die mit erkennbarer Freude das Projekt plante.

Sie war die Tochter eines Juden, der vor den Nazis nach Argentinien geflohen war. Dort hatte er die Tochter eines Bodega-Besitzers geheiratet. Ihr Vater hatte daraus eines der größten Weinexportunternehmen Argentiniens gemacht und inzwischen die Bodega seinem Sohn übergeben.

Esther konnte ihren Vater dafür begeistern, sich für dieses Kinderheim finanziell zu engagieren. Dadurch wurde es möglich, die Einrichtung auch mit einer Lehrwerkstatt zu bauen. Hierin sollte für Berufe, die im Weinbau und in der Vermarktung benötigt werden, eine Ausbildungsmöglichkeit geschaffen werden.

Jorge und Esther hatten von Beginn an Vertrauen zueinander gefunden. Er schätzte ihre Fachkompetenz in der Architektur, die sie in das Projekt einbrachte, und sie war überzeugt von seinen sozialen und pädagogischen Fähigkeiten, die eine solche Einrichtung mit Leben erfüllt.

Beide konnten den Gremien der Provinz in kurzer Zeit

ein fertiges Konzept präsentieren, dem auch zugestimmt wurde.

Esther, die hocherfreut über ihren gemeinsamen Erfolg war, lud Jorge zum Dinner in ihr Lieblingsrestaurant ein.

Jorge mochte ihre unkomplizierte und offene Art. In den Tagen der Zusammenarbeit waren sich beide nähergekommen. Wenn sie ihn anlächelte, hatte er das Bedürfnis, sie in den Arm zu nehmen und zu küssen.

Mit Unbehagen dachte er an die geplante Rückkehr nach La Plata. Am liebsten wäre er hiergeblieben. Dazu hätte er aber seine Schüchternheit überwinden müssen. Bis dato hatte er keine Erfahrung mit dem weiblichen Geschlecht sammeln können. Er wusste einfach nicht, wie er sich ihr nähern sollte.

Als sie im Restaurant mit einem Glas Malbec anstießen, waren sie beide in euphorischer Stimmung. Sie hatten gemeinsam Erfolg!

Nach dem Essen gingen sie noch in eine Tangobar, um dort ausgelassen zu feiern. Sie schauten den Tanzpaaren zu und wagten auch die ersten gemeinsamen Tangoschritte.

Kurz nach Mitternacht verabschiedeten sie sich und Esther küsste ihn zart auf die Wange.

Lange konnte sie nicht einschlafen und dachte an Jorge, an dem sie Gefallen gefunden hatte.

Am nächsten Tag trafen sie sich in Esthers Planungsbüro.

»Es war ein sehr schöner Abend mit dir, Jorge«, sagte sie lächelnd.

Jorge nahm sie in seine Arme. »Ja, es war sehr schön mit dir und ich würde das gern wiederholen, wenn ich wieder hier in Mendoza bin.«

Nachdem Jorge nach La Plata zurückgekehrt war und dort die wichtigsten Dinge mit Katja geregelt hatte, suchte er das Gespräch mit ihr und Michael bei einem gemeinsamen Abendessen. Er schilderte zunächst seine Eindrücke, die er in Mendoza gewonnen hatte.

»Aufgrund der fehlenden Erfahrung brauchen sie meine Hilfe beim Aufbau und der Einrichtung des Kinderheimes. Der Vater der Architektin will sich auch finanziell für die Errichtung einer Lehrlingswerkstatt engagieren.«

Nach einer kurzen Pause fügte Jorge hinzu: »Ich muss euch außerdem gestehen, dass ich mich in die Architektin, Esther Blumenthal, verliebt habe und sie für mich gewinnen will.«

Als alle schwiegen und sich gedanklich mit den Folgen dieser Neuerung beschäftigten, reichte Michael Jorge die Hand und sagte mit belegter Stimme: »Jorge, wir freuen uns sehr für dich … Wenn deine Mutter Maria Emilia noch leben würde, wäre das für sie ein großes Geschenk. Sie wäre sehr glücklich!«

»Du wirst uns wirklich fehlen hier in La Plata und eine große Lücke hinterlassen. Die Kinder mögen dich sehr und werden dich vermissen«, sagte Katja und fügte hinzu: »Meine Stellvertreterin, die sich zurzeit zu einem Erfahrungsaustausch in einem Kinderheim der Stadt Frankfurt befindet, könnte nach ihrer Rückkehr einen Teil deiner Aufgaben übernehmen. Eine Einarbeitung durch dich wäre jedoch notwendig. Darum bitten wir dich, lieber Jorge.«

Jorge stimmte dem zu und war sehr erfreut, dass er mit seinen Zukunftsplänen auf Akzeptanz stieß. Er hatte Tränen in den Augen, als er sagte: »Ihr seid für mich eine Art Ersatzfamilie und habt mir sehr viel gegeben. Michael, du hast mir meine Mutter nähergebracht und ich bin froh darüber, heute ein gänzlich anderes Bild von ihr zu haben.«

In Shanghai waren die Vertragsverhandlungen in vollem Gange und zunehmend schwieriger geworden.

Was Carmen da Silva und ihr Kollege am Tage verhandelt hatten, wurde am Abend von imaginären Vorgesetzten der Verhandlungskommission wieder für nichtig erklärt. So zogen sich die Tage hin, ohne dass sie wirkliche Ergebnisse erbrachten.

Als Carmen und ihr Kollege Pablo Luis am Abend in der Bar des *Grand Hyatt* im 87. Stock saßen und ihren ersten Cocktail tranken, hatten sie keinen Blick für die Stadt, die unter ihnen hell erleuchtet lag und auch abends voller Leben war.

»So kommen wir nicht weiter, Pablo. Ich habe den Eindruck, sie wollen keine Maschinen und Einrichtungen von uns kaufen, sondern lediglich Zeichnungen, um diese selbst zu bauen«, äußerte Carmen niedergeschlagen.

»Wir müssen ihnen klarmachen, dass es so nicht weitergeht und wir nun eindeutige Ergebnisse benötigen. Wir sollten morgen einen Break machen und notfalls die Verhandlungen abbrechen«, sagte Pablo Luis.

Am nächsten Morgen erklärte Carmen da Silva die Verhandlungen in der bisherigen Form für gescheitert.

»Wir haben bisher keine brauchbaren Ergebnisse erzielt und treten auf der Stelle. Mein Kollege und ich haben den Eindruck gewonnen, sie wollen lediglich unser Know-how und die Zeichnungen für die Maschinen, um diese dann selbst zu bauen.

Wir erwarten eine schriftliche Anfrage über den Kauf der

gesamten Ausrüstung bis morgen früh um zehn Uhr. Sollte bis dahin keine Anfrage vorliegen, werden wir abreisen und Shanghai verlassen.«

Nach dieser Erklärung zeigten die Mitglieder der chinesischen Delegation zum ersten Mal eine merkliche Reaktion und baten um eine Unterbrechung der Sitzung um zwei Stunden.

Carmen und ihr Kollege hatten Erfolg mit dieser Strategie.

Am Nachmittag legten die Chinesen eine schriftliche Anfrage vor und man konnte nun über die Höhe der Preise und die Bedingungen verhandeln.

Nach weiteren zwei Tagen konnte dann am späten Nachmittag ein Vertrag unterschrieben werden, der ein gutes Verhandlungsergebnis darstellte.

Zum gemeinsamen Abendessen wurden sie in das bekannte Paulaner Brauhaus in Xintiandi an der Central Piazza eingeladen. Das Restaurant im bayerischen Stil befindet sich in einer alten Residenz aus der Mitte des 19. Jahrhunderts und ist eine Art Symbol der Begegnung von östlicher und westlicher Kultur in Shanghai geworden.

Die Gäste bekamen in der original bayerischen Stube das Gefühl, einen Ausflug ins alte Europa zu machen, während ihnen ein hervorragendes Essen serviert wurde. Für gute Stimmung sorgte dabei eine Live-Band, die Unterhaltungsmusik spielte.

Nach einigen Stunden verabschiedeten sich die chinesischen Geschäftspartner. Carmen und Pablo blieben in einer beschwingten, euphorischen Stimmung zurück.

Zu ihrer Belohnung beschlossen sie, die Nacht in einer Disco im Oriental Pearl Tower zu verbringen, dem fünfthöchsten Fernsehturm der Welt. Die Lokalität befand sich neben der Aussichtsplattform, von wo sie eine herrliche Aussicht auf Pudong und den Fluss hatten.

Carmen und Pablo feierten ausgelassen und ließen sich von ihrem Erfolg davontragen in eine Welt des Erfolges und des Vergnügens.

Als sie gegen Morgen die Disco verließen, waren beide beschwipst und kamen sich näher. Im Aufzug nach unten umarmte Pablo Carmen und zog sie fest an sich.

»Du bist eine wunderbare Frau, Carmen. Lange habe ich nicht mehr so ausgelassen getanzt und gefeiert«, betonte Pablo und sie gingen eng umschlungen in die Eingangshalle des *Peace Hotels*.

Als sie in ihrem Stockwerk ankamen und vor ihrer Zimmertüre standen, flüsterte Carmen: »Komm zu mir heute Nacht.«

In Carmens Zimmer stürzten sich beide auf das breite Bett und entledigten sich ihrer Kleider. Pablo, der lange Zeit abstinent gelebt hatte, war voller Leidenschaft und beide gaben sich ihren Gefühlen hin.

Sie liebten sich mehrmals in dieser Nacht und schliefen erschöpft am frühen Morgen ein.

Als Carmen gegen Mittag aufwachte, war das Bett neben ihr leer.

Dort lag ein Memo von Pablo. »Liebe Carmen, es war eine wunderschöne Nacht mit dir. Ich wollte dich nicht stören und bin inzwischen in meinem Zimmer.«

Carmen blickte an die Decke und ihre Gedanken waren bei Michael in Buenos Aires. Es befielen sie tiefe Schuldgefühle und sie hätte diese Nacht gerne aus ihrer Erinnerung gestrichen.

Sie musste Pablo deutlich machen, dass die Geschehnisse der vergangenen Nacht lediglich auf die Euphorie des Geschäftsabschlusses zurückzuführen waren, für den sich beide belohnen wollten. Sie hatte Sympathie für ihn als Menschen und Kollegen, aber eben nicht mehr. Carmen überlegte, wie sie ihm das schonend beibringen konnte, ohne ihn zu verletzen.

Am späten Nachmittag trafen sie sich in der Hotelhalle und fuhren zu einem Treffen mit den chinesischen Geschäftspartnern. Nach mehreren Stunden, in denen Details des Vertrages und der zeitliche Rahmen für das Projekt festgelegt wurden, gab es noch mal ein Abendessen im *Peace Hotel*.

Danach gingen Carmen und Pablo in den Jazzkeller. Carmen war sehr verunsichert und fand nicht den richtigen Einstieg in das Gespräch mit Pablo.

»Carmen, was betrübt dich? Gibt es etwas, was du mir sagen willst?«, fragte er.

»Pablo, es war eine sehr schöne und erregende Nacht mit dir. Ich mag dich sehr und habe dich jetzt bei den Verhandlungen in Shanghai als einen äußerst kompetenten Kollegen schätzen gelernt … Aber es gibt einen anderen Mann, den ich liebe und der sehr enttäuscht wäre«, erklärte Carmen. »Lass uns gute Freunde bleiben und die Zukunft im Konzern miteinander gestalten.«

Pablo nahm sie in seine Arme. »Carmen, wir sollten heute keinen Schlussstrich ziehen, sondern unsere Beziehung wachsen lassen. Es gibt immer neue Wege, auch in der Liebe.

Ich jedenfalls liebe dich, und das schon vor Shanghai. In Madrid hatte ich nie Gelegenheit, mit dir näher in Kontakt zu kommen.«

Carmen schwieg und sie hörten den Klängen der Jazzkapelle zu, die sie ablenkten.

Am kommenden Tag flogen sie mit China Airlines von Shanghai nach Peking. Dort trafen sie einen anderen Interessenten für ihre Maschinen und Anlagen. Nach einem sondierenden Gespräch wurde ein Besuch in Madrid für Ende des Jahres vereinbart.

Sie fuhren zum Flughafen, um die Rückreise anzutreten. In der Business Lounge nahmen sie noch einen Drink und ließen die erfolgreichen Tage Revue passieren.

Dann läutete Carmens Handy. Es war Michael.

Pablo Luis hörte einen Moment zu, und als er merkte, dass es ein privates Gespräch war, rief er ohne ersichtlichen Grund: »Mi Amor, schau mal!«

Carmen erschrak und schaute ihn irritiert an.

Michael konnte diesen Zwischenruf nicht einordnen und fragte: »Wer war das? Habe ich *mi Amor* verstanden? Carmen, was ist los bei dir?«

Carmen bekam einen roten Kopf und antwortete aufgeregt: »Mach dir keine Sorgen, ich erkläre dir alles, wenn ich in Madrid zurück bin. Ich muss jetzt zum Gate. Küsse und bis bald.«

»Oh, Carmen, bitte entschuldige. Ich wollte dich nicht in eine kompromittierende Situation bringen«, sagte Pablo, und sie wusste nicht, ob sie ihm das glauben konnte.

Carmen war erschrocken und wütend zugleich. Sie überlegte schon jetzt, wie sie es Michael plausibel erklären konnte, ohne seinen Argwohn zu wecken.

Zurück in Madrid, war Carmen die nächsten Tage mit der Aufarbeitung des Projektes beschäftigt und gab im Vorstand von Quentes einen Bericht ab. Zugleich musste sie sich mit einem neuen großen Projekt in Mexiko befassen und war bis in die Abendstunden im Büro.

Sie hatte schon ein schlechtes Gewissen, weil sie Michael bisher noch nicht angerufen hatte, denn sie wusste nicht so recht, was sie ihm von Shanghai erzählen sollte.

Sollte sie ihm die Nacht mit Pablo beichten oder das Ganze verharmlosen oder gar verschweigen?

Sie kam zu dem Entschluss, ehrlich zu sein, auch wenn das Risiko bestand, dass es zu einem Bruch kommen könnte.

Michael erreichte Carmen spät am Abend in ihrem Büro.

»Hallo, Carmen, ich merke, du bist schon wieder voll im Business und sitzt noch um diese Uhrzeit im Unternehmen. Wie war es in Shanghai? Hat dir das *Peace Hotel* mit seinem Jazzkeller gefallen?«, fragte er.

»Michael, ich habe ein schlechtes Gewissen, da ich mich noch nicht bei dir gemeldet habe, aber das nächste große Projekt liegt schon auf meinem Schreibtisch. Ja, das *Peace Hotel* und vor allem der Jazzkeller waren ein sehr guter Tipp von dir. Es war faszinierend, wie die alten Männer den Jazz präsentierten! Den Auftrag konnten wir verbuchen und es war so, wie du es mir geschildert hattest … Sehr schwierige Geschäftspartner, die nur ihren Vorteil sehen.«

»Wer hatte denn am Flughafen *mi Amor* gerufen? Warst du damit angesprochen, Carmen?«, wollte Michael nun wissen.

»Ach, Michael, es war ein Kollege von mir. Aber das muss ich dir erklären, wenn ich in Buenos Aires bin. Das geht am Telefon nicht.«

»Carmen, wann sehen wir uns? Ich habe große Sehnsucht nach dir.«

Nach kurzem Schweigen gab sie ihm zu verstehen, dass zunächst das neue Projekt in Mexiko Vorrang habe, obwohl sie auch große Sehnsucht nach ihm habe.

Michael war nach diesem Gespräch sehr verunsichert und spürte, dass etwas zwischen ihnen und ihrer Liebe stand. Das neue große Projekt war ihr offensichtlich wichtiger als ihre Liebe, und instinktiv spürte er auch die Gefahr, dass ein anderer sich zwischen ihre Beziehung drängen könnte.

Er wurde sehr traurig und sprach darüber mit seiner Tochter Katja.

»Papa, lass ihr noch etwas Zeit. Denke an dein Dasein als Manager und Unternehmer zurück, das du erst jetzt hinter dir gelassen hast. Vorher stand dein Beruf an vorderster Stelle! Nun hast du das Kinderheimprojekt, das dich ausfüllt.

Ich bin sicher, dass Carmen dich liebt und ihr einen Weg für eure Liebe finden werdet ... Und Papa, hast du damals nie mit einer Kollegin geflirtet?«

Michael nahm Katja in seine Arme und küsste sie. »Ach, Töchterchen, ich bin so dankbar, dich an meiner Seite zu haben.«

Jorge, der seine Nachfolgerin in La Plata angelernt hatte, war inzwischen nach Mendoza gezogen. Mit Ehrgeiz und Einsatzfreude ging er seine neue Aufgabe an.

Mit Esther Blumenthal, der Architektin des Kinderheimes, diskutierte er die Pläne für die Lehrlingswerkstatt. Der Baubeginn stand unmittelbar bevor. Das Kinderheim war schon jetzt voll belegt und die Stadt Mendoza drängte auf eine schnelle Eröffnung.

Der offiziellen Einweihung, zu der Politiker, Sponsoren sowie alle Mitarbeiter eingeladen waren, wohnte auch Michael als Gast bei.

Er war begeistert von der großzügigen Ausstattung des Heimes. In seiner Rede wies er auf die große soziale Bedeutung der Einrichtung hin und hob das Engagement von Jorge und Esther Blumenthal hervor, die sich, auch über ihre eigentliche Aufgabe als Architektin hinaus, stark engagiert hatte.

Besonders hob er die privaten Spender hervor, die mit ihrer finanziellen Unterstützung das Projekt erst möglich gemacht hatten.

»Wer reich und vermögend ist, hat im Leben etwas erreicht. Wer davon einen Teil für die Armen und Bedürftigen abgibt, der lebt solidarisch, schafft Gerechtigkeit und gibt dem eigenen Leben einen Sinn.«

Für seine Rede bekam er einen lang anhaltenden Beifall und die Zustimmung aller Anwesenden.

Am Tag nach den offiziellen Feierlichkeiten traf sich Michael mit Jorge und Esther in einem nahgelegenen Restaurant.

Arm in Arm kamen beide an seinen Tisch, und als sie Platz genommen hatten, erklärten sie freudestrahlend, dass sie sich verlobt hatten und im nächsten Monat heiraten wollten.

»Wir laden dich und Katja schon jetzt dazu ein«, sagte Jorge.

Michael sah die beiden an. »Jorge, wir vermissen dich in

La Plata. Du hast eine große Lücke hinterlassen! Die Kinder haben mir eine Grußkarte für dich mitgegeben und bedanken sich darin für deine herzliche und fürsorgliche Betreuung. Sie wünschen dir alles erdenklich Gute in Mendoza.«

»Ich werde die Idee meiner Mutter hier in Mendoza weiter umsetzen, um den ärmsten Kindern des Landes ein Heim und ein Zuhause zu geben. Auch sie sollen glücklich sein und eine Zukunft haben«, antwortete Jorge.

Am nächsten Morgen flog Michael nach Buenos Aires zurück. Er dachte an Maria Emilia, die sicher sehr glücklich gewesen wäre, wenn sie ihren Sohn so hätte erleben können.

Für Katja hatte Jorges Wechsel nach Mendoza zusätzliche Arbeit gebracht. Sie musste nun seine Nachfolgerin weiter einarbeiten. Außerdem brauchten die neu eingestellten Mitarbeiterinnen ihre Unterstützung und Führung während der Einarbeitungszeit.

Ihr war es sehr wichtig, dass die Kinder gut behandelt wurden und ihnen Zuwendung zuteilwurde. Dafür hatte sie ein Motto ausgegeben, nach dem alle handeln sollten: »Im Mittelpunkt unseres Bemühens stehen zuerst unsere Kinder. Wir sind ihre Ersatzfamilie, das dürfen wir nie vergessen.«

Mitarbeiter, die dem zuwiderhandelten, wurden von ihr auf ihr Fehlverhalten hingewiesen. So konnte sich im Kinderheim eine familiäre Atmosphäre entwickeln, die vorbildhaft war.

Es dauerte ein paar Wochen, bis sich Katjas Arbeitsalltag normalisiert hatte und sie wieder Zeit für sich selbst fand.

Michael hatte ihr die Kontaktpflege mit dem Sozialministerium in Buenos Aires übertragen. Dort war sie ein gern gesehener Gast mit hohem Ansehen.

Bei einem ihrer Besuche lernte sie den Staatssekretär Diego Monterra kennen.

Monterra war ein gut aussehender, sportlicher junger Mann, der im Ministerium sehr beliebt war. Er brachte eine soziale Einstellung mit, die bereits in seinem Elternhaus gelebt wurde.

Katja und er verstanden sich auf Anhieb sehr gut und zollten ihrem Wirken gegenseitigen Respekt.

Bei ihrem letzten Besuch erklärte er ihr, dass die Regierung auch in Buenos Aires ein Kinderheim errichten wolle.

»Können Sie und Ihr Vater uns bei der Verwirklichung unterstützen? Finanzmittel wären genügend vorhanden und private Spender sollen noch gewonnen werden.«

»Ich werde mit meinem Vater darüber reden. Wir sind jedoch durch das Projekt in Mendoza am Limit, was unsere personellen Kapazitäten betrifft. Ich gebe Ihnen in den nächsten Tagen Bescheid, was wir für dieses neue Projekt tun können, Señor Monterra.«

Der junge Politiker hatte bei Katja einen starken Eindruck hinterlassen. Sie war angetan von ihm und fand ihn auch als Mann äußerst interessant. Seine offene und weltgewandte Art begeisterte sie.

Michael hatte zwar Bedenken wegen der zusätzlichen Arbeitsbelastung, stimmte aber dennoch zu und gab grünes Licht für dieses neue Projekt.

Beim nächsten Treffen im Ministerium wurde dann die Grundlage dafür gelegt. Danach lud Diego Monterra Katja zum Abendessen in das Restaurant *La Tasca de Germán* in Recoleta ein, um weitere Details zu besprechen. Nach einer Caipirinha bestellten sie sich Meeresfrüchte, für die das Restaurant bekannt war.

»Wir werden nun öfter miteinander zu tun haben, vielleicht würde ein ›Du‹ die Arbeit erleichtern«, erklärte Diego Monterra.

Katja willigte erfreut ein und es entwickelte sich ein lockeres und teils privates Gespräch. Immer wenn sich ihre Blicke im Laufe des Abends kreuzten, verspürte Katja eine zunehmende Zuneigung zu diesem jungen Mann.

»Wir wollen ein Kinderheim mit einer Bildungseinrichtung für mindestens 500 Kinder bauen«, sagte Diego Monterra und fügte hinzu: »Wo können wir uns ein solches Projekt ansehen? Gibt es ein solches Heim in deinem Heimatland?«

»In der Stadt Frankfurt gibt es ein solches Heim, das sehr gut geführt wird«, entgegnete Katja, und sie vereinbarten, dorthin eine gemeinsame Reise zu unternehmen.

Kurz vor Mitternacht verabschiedeten sich beide.

»Es war ein sehr schöner Abend mit dir und ich konnte neue Dinge für meine Arbeit im Sozialministerium erfahren. Ich danke dir sehr dafür, buenas noches, Katja.«

In dieser Nacht konnte sie lange nicht einschlafen und musste an diesen interessanten Mann denken, der sie sehr berührt hatte. Sie freute sich schon jetzt auf die Reise nach Frankfurt, bei der sie sich näherkommen konnten.

So einen Mann hatte sie sich immer vorgestellt und gewünscht. Vielleicht war dieses Projekt ein Wink des Schicksals und würde ihrem Leben eine neue Richtung geben. Insgeheim wünschte sie sich eine eigene Familie mit Kindern, und sie wusste, dass ihr Vater davon begeistert sein würde.

Aber zu einer Partnerschaft gehören bekanntlich immer zwei, und Katja konnte bisher noch nicht herausfinden, ob er überhaupt noch frei war.

Der Lufthansa-Flug LH 506 von Buenos Aires nach Frankfurt/Main startete pünktlich um 21:55 Uhr. Katja und Diego Monterra saßen in der Business Class nebeneinander und sie unterhielten sich über die Dinge, die in Frankfurt auf sie warteten.

»Ich habe kein Hotel für uns gebucht, wir können in unserem Haus in Bad Homburg übernachten. Ich denke, das ist gemütlicher als im Hotel«, sagte Katja.

»Das ist für mich sehr interessant. Dann kann ich mal einen Eindruck davon gewinnen, wie ihr Deutschen lebt«, entgegnete Diego und lachte. »*Guten Tag, Guten Morgen* und *Prost*, das sind meine deutschen Wörter. Und *Küss die Hand, gnädige Frau*. Das ist mein Vokabular«, erklärte er.

»Ein leichter Einfluss aus der Donaumonarchie ist bei unserem Staatssekretär vorhanden, es fehlt nur noch *Grüß Gott*«, frotzelte Katja.

Nach dem Abendessen im Flugzeug versuchten beide etwas zu schlafen, um frisch für den nächsten Tag in Frankfurt zu sein.

Der gute Merlot, den auch Michael immer trank, hatte seine Wirkung und sie wachten erst kurz vor dem Anflug des internationalen Flughafens von Frankfurt/Main wieder auf.

Von dort aus fuhren sie direkt nach Bad Homburg. Katja war nun längere Zeit nicht mehr in der Villa gewesen, an der so viele Erinnerungen aus ihrer Kinder- und Jugendzeit hingen. Sie war an diesem Ort glücklich gewesen, und als sie mit Diego durch die Räume ging, kam auch etwas Wehmut auf.

Sie spazierten durch den großen, parkähnlichen Garten mit dem Teich in der Mitte und Diego war sichtlich beeindruckt.

»Das alles habt ihr wegen Argentinien und den Kinderheimen aufgegeben?«, fragte er ungläubig.

»Nein, nicht nur deswegen. Ohne meinen Vater wollte ich nicht hierbleiben«, antwortete sie und sie setzten sich auf die große Bank, die aus Holzstämmen gezimmert war und vor dem Fischteich stand.

»Hier habe ich oft gesessen und über das Leben nachgedacht. An diesem Ort konnte ich immer Ruhe und Geborgenheit finden.« Sie machte eine kurze Pause, bevor sie weitersprach: »Ich schlage vor, dass wir uns etwas frischmachen und dann zum Kinderheim fahren. Wir könnten abends in Frankfurt bleiben und ich darf dich bei meinem Lieblingsitaliener zum Abendessen einladen.«

Das Kinderheim befand sich unweit vom Rathaus, dem »Römer«. Um 14 Uhr wurden sie dort sehr herzlich von der Leiterin empfangen, und man konnte spüren, dass sie auch ein wenig stolz darüber war, ein Mitglied der argentinischen Regierung begrüßen zu dürfen.

Nach Vorstellung der Organisation und der Verwaltung konnten sie einigen Kindern beim Spielen zusehen, die einen frohen und zufriedenen Eindruck machten.

»Jährlich können wir einen großen Teil der Kinder an Adoptivfamilien vermitteln. Sie können dort dann ein ganz normales und selbstbestimmtes Leben führen«, erläuterte die Leiterin.

Diego stellte eine Frage und Katja übersetzte: »Wie groß ist dabei die Quote der Kinder, die wieder zu Ihnen zurückkehren wollen oder auch müssen?«

»Sie ist sehr gering. Wir schauen uns die neuen Eltern sehr genau an und prüfen, ob sie zu dem jeweiligen Kind passen.«

»Das ist auch unser Ziel in La Plata. Wir wollen über diesen Weg den Straßenkindern wieder ein Zuhause geben«, antwortete Katja.

Diego Monterra war sehr beeindruckt von dem, was er hier sehen und erfahren konnte. Beim Abschied am späten Nachmittag bedankte er sich herzlich und Kaja übersetzte wieder: »Es war sehr interessant und es ist großartig, was Sie hier geschaffen haben. Für uns ist das ein Vorbild, das wir anstreben wollen.«

»Muchas gracias, Señora«, sagte Diego.

Anschließend gingen sie zu Katjas Lieblingsitaliener.

»Hier war ich schon als Studentin oft, und ich komme immer wieder gerne her, wenn ich in Frankfurt bin«, erklärte Katja ihrem Begleiter.

Sie bekamen einen sehr schönen Tisch in einer gemütlichen Ecke des Restaurants.

Luigi, der Besitzer, begrüßte sie: »Hallo, Katja, ich hatte schon befürchtet, du wärst in Argentinien für immer verschollen. Wie schön, dich wiederzusehen!«

Sie stellte ihm Diego Monterra vor und bestellte ihm Grüße von ihrem Vater, der auch sehr gerne in diesem Lokal war, das ein typisch italienisches Ambiente vermittelte. Bilder von Venedig an den Wänden und eine Nachbildung der Seufzerbrücke im Kleinformat inmitten des Lokals verstärkten diesen Eindruck.

Luigi empfahl ihnen einen Chianti aus der Nähe von Siena, den Katja auch früher immer bevorzugt hatte, und servierte eine gemischte italienische Vorspeise als Einstieg in das Menü.

Nach einem Glas Chianti schaute Diego sie an und reichte ihr seine Hand. »Katja, du bist eine hübsche Frau und ich bewundere deine offene und freundliche Art, wie du mit Menschen umgehst. Damit kannst du alle für dich gewinnen. Mit deinem Lächeln steckst du jeden an und verzauberst ihn. Ich bin sehr dankbar, dass ich dich kennenlernen durfte«, sagte Diego bewundernd.

Katja machten diese Worte leicht verlegen und sie entgegnete: »Ich darf dieses Kompliment zurückgeben. Ich dachte bisher, dass Politiker sich nicht in die Niederungen des Alltags der Menschen begeben. Deine Anteilnahme für die Waisenkinder hat mich sehr bewegt. Danke für diese Erfahrung.«

Er sah sie an und beide hatten nur noch Blicke füreinander.

Luigi, der den Lammrücken servierte, räusperte sich. »Scusa, darf ich das Paar mal stören? Buon appetito!«

Der Lammrücken schmeckte vorzüglich und sie tranken noch von dem Chianti, der sie in eine beschwingte Stimmung versetzte.

Zum Abschluss gab es einen Grappa aufs Haus und sie verabschiedeten sich von Luigi, der ihnen eine Diskothek empfahl, die direkt um die Ecke lag.

Dort tranken sie Cocktails und tanzten ausgelassen wie zwei Teenager bis in die späten Abendstunden. Bei einer langsamen englischen Walz schmiegten sie sich aneinander und küssten sich zum ersten Mal.

Im Taxi saßen sie eng umschlungen, und als sie in der Villa in Bad Homburg ankamen, war ihre Erregung so groß, dass sie sich ihre Kleider förmlich vom Leib rissen.

Auf dem großen Sofa im Kaminzimmer begannen sie sich zu lieben und beide kamen gleichzeitig zum Höhepunkt.

Es war eine Nacht, wie sie es vorher noch nie erlebt hatten. Völlig erschöpft schlief Katja gegen Morgen überglücklich in den Armen ihres Liebhabers ein.

Als sie aufwachte, schlief Diego noch fest. Sie betrachtete ihn, wie er völlig nackt auf dem Bett lag, und es stieg ein neues Verlangen in ihr hoch.

Sie begann ihn zu streicheln und küsste ihn immer wieder, bis er erwachte und sie sich ihrer Leidenschaft erneut hingaben.

Erst gegen Mittag gingen sie in das nahegelegene Café und frühstückten dort.

Am Nachmittag waren sie in der Firmenholding verabredet, die einst Michael gehört hatte.

»Diese Holding umfasst drei mittelgroße Unternehmen«, erklärte Katja, bevor sie sich im Besucherraum niederließen.

»Hallo, liebe Katja«, begrüßte der Geschäftsführer und Miteigentümer sie. »Wie geht es dir und deinem Vater in Buenos Aires?«

»Danke, hervorragend. Ich darf dir den Herrn Staatssekretär Diego Monterra vorstellen.«

Als Diego den Zweck seines Besuches in Frankfurt erklärte, entgegnete der Geschäftsführer: »Ja, ich habe von dem Kinderheimprojekt in La Plata gehört. Das ist toll, was ihr da leistet, Katja. Ich habe deinem Vater gegenüber schon angedeutet, dass wir uns finanziell beteiligen wollen. Herr Monterra, wir können Ihrem Projekt in Buenos Aires 200.000 Euro zur Verfügung stellen.«

Hocherfreut reichte Diego ihm seine Hand und bedankte sich im Namen seiner Regierung.

»Gerne stehen wir zur Verfügung, wenn Sie sich in unserem Land unternehmerisch betätigen wollen«, bot Diego Monterra an.

Nach einem gemeinsamen Abendessen im Westend von Frankfurt fuhren Katja und Diego zum Flughafen und nahmen die Spätmaschine von Air Berlin in die Hauptstadt. Diego wollte gerne Berlin kennenlernen und sich dort etwas umschauen.

Das Brandenburger Tor und die Reste der Mauer fanden sein besonderes Interesse. Eine Besichtigung des Reichstages und eine Fahrt auf der Spree rundeten das Programm ab.

Am späten Abend flogen sie via Frankfurt zurück nach Buenos Aires.

Nachdem sie das Abendessen in der Lufthansa-Maschine eingenommen hatten und mit einem Glas Merlot auf die schönen vergangenen Tage angestoßen hatten, schaute Diego Katja in die Augen. »Es waren wunderschöne Tage und Stunden mit dir. Dafür darf ich mich ganz herzlich bei dir bedanken. Ich denke, ich werde diese Zeit niemals vergessen.«

»Das klingt ja so, als ob es das Ende unserer Beziehung wäre. Wir stehen doch erst am Anfang. Es ist mit mir etwas passiert, Diego, ich habe mich in dich verliebt.«

»Katja, auch ich mag dich sehr und wir werden uns beruflich sicherlich noch oft begegnen. Aber ich muss dir etwas gestehen, ich bin verheiratet und habe zwei Kinder. Ich weiß, das hätte ich dir früher sagen müssen, aber ich habe es nicht fertiggebracht.

Eine Trennung von meiner Familie ist undenkbar und würde eine Katastrophe hervorrufen!«

Katja war nach diesem Geständnis wie geschockt und starrte aus dem Fenster des Fliegers. Die Tränen rannen ihr über die Wangen und sie musste um Fassung ringen.

»Diego, ich bin sehr enttäuscht und mir fehlen die Worte. Ich hatte das Gefühl, dass auch du mir Liebe entgegengebracht hättest«, flüsterte sie.

Als Diego antworten wollte, drehte sie sich zur Seite und bat ihn, nichts mehr zu sagen.

So saßen sie noch eine Weile schweigend nebeneinander, bis sie einschliefen.

Als sie ihre Koffer vom Band im Ankunftsbereich des Flughafens von Buenos Aires genommen hatten und dem Ausgang zustrebten, blieb Diego stehen und nahm Katjas Hände. »Ich möchte mich bei dir entschuldigen für meine Feigheit. Aber ich wollte unsere Beziehung nicht zerstören. Auch ich, Katja, habe mich in dich verliebt. Das war nicht nur Erotik und Sex, bitte glaube mir. Aber bevor es noch tiefer geht, muss ich die Notbremse ziehen.«

»Du hast mit dem Feuer gespielt, und wenn ich vorher etwas von deiner Ehe gewusst hätte, wäre ich zurückhaltender gewesen, und ich hätte mich nicht mit dir eingelassen, Diego. Aber ich werde dich und dein Projekt im Interesse der Waisenkinder von Buenos Aires unterstützen.«

Michael Cronrath stand im Ausgangsbereich des Flughafens und nahm seine Tochter in die Arme.

»Ich habe ein gemeinsames Frühstück für uns vorbereitet. Dabei können wir uns über deine Reise nach Frankfurt unterhalten.«

»Ach, Papa, du bist für mich der Beste.«

Michael nahm ihre Koffer.

Während des Frühstücks erzählte Katja von Frankfurt und Bad Homburg. Die Geschichte mit Diego verschwieg sie ihm allerdings.

»Katja, ich hatte am Flughafen den Eindruck, dass dich etwas bedrückt.«

»Ich konnte während der Nacht nicht schlafen und bin deshalb etwas groggy.«

Michael teilte ihr mit, dass sie nächste Woche zur Hochzeit von Jorge und Esther eingeladen waren und sie im Kinderheim von allen vermisst wurde.

»Ich gehe erst morgen dorthin und lege mich nachher erst mal schlafen«, sagte Katja und küsste ihren Vater.

In den nächsten Tagen war Katja im Kinderheim voll beschäftigt und Jorge benötigte ihren Rat für die Lehrwerkstatt, die in Mendoza gebaut werden sollte.

Sie verabredeten, die Dinge zu klären, wenn Katja und Michael zur Hochzeit nach Mendoza kommen würden.

Vorher stand noch ein Treffen im Ministerium an. Dort sollten die Baupläne für das neue Kinderheim besprochen werden.

Katja zögerte lange und entschied dann, dass sie Diego Monterra aus dem Weg gehen wollte, damit sie Abstand gewinnen konnte. Sie bat deshalb ihren Vater, das Projekt zu übernehmen.

»Warum willst du nicht weitermachen? Gibt es einen Grund dafür?«, fragte dieser ganz verwundert.

»Papa, ich will mich zukünftig ganz dem Kinderheim in La Plata widmen und Jorge mit meinen Ratschlägen in Mendoza unterstützen«, erklärte Katja.

Michael schaute sie zweifelnd an und erklärte sich trotzdem bereit, ihre Aufgabe zukünftig zu übernehmen.

Katja war dafür sehr dankbar und nahm ihren Vater in die Arme. »Ach, Papa, du hast immer Verständnis für meine Anliegen.«

Bei Michael blieben Fragen offen und er grübelte noch lange über diese Entscheidung seiner Tochter.

Als er nach der Sitzung im Ministerium noch im Büro von Diego Monterra saß, sprachen beide über die Reise nach Frankfurt und über die Eindrücke, die er dort gewonnen hatte.

»Herr Cronrath, Sie haben eine wundervolle Tochter. Bitte richten Sie ihr meine Grüße aus. Schade, dass sie das Projekt nicht weiter begleiten will.«

Michael sah ihn an. »Ist in Frankfurt etwas zwischen Ihnen und meiner Tochter passiert?«, wollte er von ihm wissen.

»Ihre Tochter und ich sind uns zu nahe gekommen und haben uns beinahe dabei verbrannt.«

Die Hochzeit von Esther und Jorge war ein großes Ereignis in der Provinz Mendoza. Esther Blumenthal, die Tochter des größten Weingutsbesitzers in der Provinz, heiratete einen dort bisher völlig unbekannten Mann, der ein Kinderheim leitete.

Als Esther mit ihrem Vater zum ersten Mal darüber gesprochen hatte und um sein Einverständnis bat, willigte er sofort ein.

»Ich habe großen Respekt vor dem Engagement und der Arbeit, die Jorge für unsere Straßenkinder leistet. Ich habe mich über ihn erkundigt.

Seine Mutter war Maria Emilia Gualtori, eine Frau, die aus einer angesehenen und wohlhabenden Familie aus der Provinz La Pampa stammte und leider einem Betrüger zum Opfer fiel.«

Esther und Jorge wollten sich in einer kleinen Kapelle trauen lassen und die Kinder des Heimes sollten sie dorthin begleiten. Die große Feier sollte dann auf dem Weingut stattfinden.

Michael und Katja hatten heimlich mit einem kleinen Teil der Kinder ein paar Lieder einstudiert, die in der Kirche gesungen wurden. Der Trauung wohnten, neben der engsten Familie, nur die Kinder bei, deren Gesang Esther und Jorge sehr berührte.

Als das Brautpaar aus der Kirche kam, bildeten die Heimkinder ein Spalier und streuten Blumen. Katja ließ drei weiße Tauben aufsteigen und gratulierte als Erste dem Paar. Sie wünschte ihnen ein glückliches Leben.

Michael musste dabei an die Zeit mit Maria Emilia denken und dass ihm dieses Glück mit ihr nicht zuteilwurde. Ein wenig Wehmut kam in ihm auf, als er dem Brautpaar gratulierte.

Die anschließende Feier auf dem Weingut war gigantisch und alles, was Rang und Namen hatte in der Provinz, nahm an dem rauschenden Fest teil.

Bevor das große Buffet eröffnet wurde, hielt der Vater von Esther Blumenthal eine kurze Tischrede, in der er hervorhob, wie glücklich er sei, dass seine Tochter nun einen so passablen Mann an ihrer Seite habe.

»Jorge ist für uns alle, die hier anwesend sind, ein Vorbild. Nach seinem Studium hat er sein Leben den Straßenkindern gewidmet. Seine Mutter, Gott hab sie selig, hat mit ihrem Vermögen den Grundstein für diese segensreiche Tätigkeit im Dienste der Ärmsten gelegt. Ich bin sehr glücklich, dass meine Tochter ihn, neben ihrem Beruf, dabei unterstützen will. Beide hatten Sie deshalb darum gebeten, anstelle von Geschenken, eine Spende für die noch zu bauende Lehrlingswerkstatt zu geben. Vielen Dank dafür und schöne Stunden bei der Feier.«

Das Fest dauerte bis in die Nacht hinein und es wurden, neben köstlichen Speisen aus dieser Provinz, die besten Weine serviert.

Am nächsten Tag gab das frisch vermählte Paar bekannt, dass Spenden in Höhe von ca. 100.000 Dollar zusammengekommen waren. Damit konnte die Lehrwerkstatt mit entsprechenden Maschinen und Lehrmaterial ausgestattet werden.

Michael und seine Tochter flogen am nächsten Tag zurück nach Buenos Aires. Während des Fluges dachte Katja daran, dass sie sich auch ein solches Glück gewünscht hatte, aber leider war es bisher ausgeblieben.

Beide stürzten sich in die Arbeit, um düstere Gedanken zu vertreiben und ihre Erfüllung dort zu finden.

Katja hatte die Affäre mit Diego Monterra fast vergessen, als sie spürte, dass sich Veränderungen in ihrem Körper ankündigten. So hatte sie öfter mit einer plötzlichen Übelkeit zu kämpfen, die aber immer wieder schnell verschwand.

Sie beschloss, einen Arzt zu konsultieren, der früher auch in Frankfurt gelebt hatte.

Nach eingehender Untersuchung sagte ihr Dr. Mühling: »Katja, Sie sind kerngesund. Und es gibt noch etwas Erfreuliches, das ich Ihnen mitteilen kann: Sie sind im zweiten Monat schwanger. Herzlichen Glückwunsch!«

Als Katja aus der Praxis ging, wusste sie nicht, ob sie weinen oder lachen sollte.

»Das ist nun das Ergebnis der Affäre mit Diego in Frankfurt, warum um Gottes willen habe mich so leichtsinnig verhalten? In der jetzigen Situation kann ich kein Kind großziehen«, dachte sie und beschloss nun, darüber mit ihrem Vater zu sprechen.

Am Abend saßen beide in seiner Wohnung in Recoleta.

Michael fragte: »Katja, welchen Wein darf ich dir einschenken? Ich habe noch einen guten Malbec aus Mendoza.«

»Oh, Papa, das ist zurzeit nicht so angebracht.«

Er sah sie an. »Was ist los mit dir, Katja?«

Zögernd berichtete sie von ihrem Besuch beim Arzt und dass sie ein Kind von Diego Monterra erwartete.

»Papa, was soll ich tun? Ein Kind ohne Vater aufziehen, das ist für mich undenkbar«, sagte sie und Tränen kullerten über ihre Wangen.

Er nahm sie in seine Arme und tröstete sie: »Katja, sieh doch uns beide. Deine Mutter hat uns verlassen, aber trotzdem sind wir beide eine Familie, und ich kann mir ein Leben ohne dich nicht vorstellen. Du bist das Liebste, was ich habe, und so wird es dir mit einem eigenen Kind auch ergehen. Unsere Familie vergrößert sich und erhält eine Zukunft. Freue dich darüber und schaue positiv in die Zukunft, Katja. Ich werde dir zur Seite stehen und dich unterstützen!«

Nach diesen tröstenden Worten beruhigte sich Katja und beschloss, die Nacht bei ihrem Vater zu verbringen.

Als sie am Morgen erwachte, hatte Michael schon das Frühstück zubereitet und sie war in einer heiteren Stimmung.

»Ach, Papa, ich bin so froh, dass ich mit dir gesprochen habe. Du hast recht, unsere Familie bekommt mit dem Kind eine Zukunft und ich darf Mutter sein.«

Sie beschlossen, Diego Monterra erst nach der Geburt des Kindes zu informieren.

Michael war glücklich darüber, dass Katja sich für das Kind entschieden hatte und sie bald zu dritt sein würden.

Er hatte diese Neuigkeit auch Carmen da Silva mitgeteilt, die sich darüber sehr freute. Sie berichtete von ihrem neuen Projekt in Mexiko und dass sie nächste Woche vom Aufsichtsrat zur Vorsitzenden des Vorstandes bestimmt werden sollte.

»Damit habe ich das erreicht, was immer mein Ziel war: Ganz an die Spitze eines großen Unternehmens zu gelangen. Ich bin sehr glücklich darüber und eigentlich fehlt jetzt nur noch eine eigene Familie.«

Nach einer kurzen Pause fügte sie hinzu: »Michael, ich vermisse dich und würde gerne mit dir zusammen sein. Könntest du dir vorstellen, für eine überschaubare Zeit zu mir nach Madrid zu kommen?«

Michael war zunächst unschlüssig darüber, wie er reagieren sollte. Einerseits wünschte er sich sehr, mit Carmen zusammenzuleben, andererseits hatte er seine Verpflichtungen gegenüber den Kinderheimprojekten in Argentinien.

»Carmen, wir betreuen ein neues Projekt in Buenos Aires und Katja wird meine Zuwendung und Unterstützung in den nächsten Monaten ganz besonders benötigen. Die Aufgabe als alleinerziehende Mutter, neben ihrer Arbeit im Kinderheim und in der Lehrwerkstatt, das wird sie nicht alleine schaffen, da werde ich gebraucht«, antwortete Michael.

Beide spürten, dass ihre gemeinsame Zukunft in weite Ferne gerückt war, und Stille trat ein.

»Carmen, ich werde auf dich warten, auch wenn es noch eine längere Zeit dauern wird. Hier könntest du wertvolle Aufgaben übernehmen. Die weiterführende Schule, die, verbunden mit einem großen Kinderheim, in Buenos Aires errichtet wird, könnte eine Persönlichkeit mit deinem Wissen und deiner Erfahrung gut gebrauchen. Ich denke, du könntest auch bei dieser Aufgabe deine Erfüllung finden und den Straßenkindern eine Zukunft geben.

Ich bin mit dieser sozialen Aufgabe, den Ärmsten unserer Kinder eine Zukunft zu geben, sehr glücklich geworden und habe Demut gelernt. Es zählt nicht nur Profit und Selbstverwirklichung!«

Carmen konnte ihm keine Antwort auf seinen Vorschlag geben. Sie war noch zu sehr in das ökonomische System von Gewinn und persönlichem Erfolg eingebunden.

Sie verabschiedeten sich mit Trauer in der Stimme und versprachen, engen Kontakt zu halten.

»Sei geküsst, mein Herz, du weißt, dass ich dich sehr liebe«, flüsterte Michael, bevor sie das Gespräch beendeten.

Carmen war innerlich sehr aufgeführt und begann, an ihrer Entscheidung zu zweifeln.

War es richtig, nur auf den Erfolg zu setzen und dafür

ein Leben mit einer glücklichen Familie zu opfern? War es das wirklich wert? Ist eine soziale Aufgabe im Dienste der Gesellschaft nicht viel wertvoller? Müssen wir nicht etwas zurückgeben an die Gesellschaft?

All dies waren Fragen, mit denen sie sich in den nächsten Tagen beschäftigte.

Aber ihr Job ließ keine Pause zu und sie wurde von neuen Aufgaben beansprucht.

Zu ihrem Kollegen Pablo Luis war sie etwas auf Distanz gegangen und gab ihm keine Möglichkeit, sich ihr privat zu nähern.

Doch er versuchte es bei jeder Gelegenheit, sie für sich zu gewinnen. Es war mehr als Zuneigung, was er für sie empfand, er liebte sie.

Nach einem Geschäftsessen mit Kunden saßen sie noch eine Zeit an der Bar und er nutzte die Gelegenheit, sie zu umwerben.

»Carmen, du weißt, für mich war das kein Abenteuer in Shanghai … Ich liebe dich sehr. Wir beide könnten sowohl beruflich als auch privat eine wunderbare und erfolgreiche Zukunft haben. Bitte, gib mir eine Chance!«

Carmen schaute ihn an und erwiderte: »Pablo, du bist wirklich ein toller Kollege und ein sehr interessanter Mann. Aber du musst akzeptieren, dass meine Liebe einem anderen gehört. Lass uns gute Freunde bleiben«, sagte sie, als sie sich verabschiedeten.

Es war für sie nicht einfach, dem Werben von Pablo zu widerstehen, zumal sie wusste, dass er sie wirklich liebte. War eine Zukunft mit ihm nicht das, was sie noch bis vor Kurzem, zumindest im beruflichen Bereich, als erstrebenswert erachtet hatte?

Sie verwarf diesen Gedanken direkt wieder und dachte an Michael.

Jorge war für ein Wochenende nach Buenos Aires gekommen. Er wollte mit Katja und Michael über das Projekt Lehrwerkstatt sprechen.

»Wie läuft es bei euch in Mendoza? Was macht das junge Ehepaar?«, wollte Michael von ihm wissen.

»Alles bestens, die Arbeit geht voran. Esther kümmert sich immer mehr um die Lehrwerkstatt. Sie hat mir gestern mitgeteilt, dass sie ihren Beruf als Architektin vorübergehend ruhen lassen will, um sich der Lehrwerkstatt voll widmen zu können, bis diese komplett eingerichtet ist und Ausbildungskräfte gefunden sind.«

Katja und Michael berichteten von der Schule, die neben dem Kinderheim in Buenos Aires errichtet werden sollte.

»Auch wir suchen dafür geeignete Lehrkräfte und Personal. Aber wir sind ja noch im Bau befindlich und haben noch etwas Zeit«, meinte Michael.

Jorge sah Katja an. »Du kommst mir etwas verändert vor, Katja. Hast du zugenommen, trotz aller Arbeit, die auf dir lastet?«

»Dir entgeht aber auch nichts. Ja, ich habe etwas zugenommen, weil ich ein Kind erwarte«, antwortete Katja und erzählte ihm von ihrer Entscheidung, als Alleinerziehende das Kind zu bekommen.

»Oh, herzlichen Glückwunsch, das ist eine erfreuliche Nachricht. Dein Vater wird sicherlich ein guter Großvater sein und dich und dein Kind unterstützen«, sagte Jorge und drückte Katja an sich.

Nachdem sie alle wichtigen Details bezüglich der Lehrwerkstatt in Mendoza besprochen hatten, lud Michael sie ins gemütliche Restaurant *Rio Alba* in Palermo ein.

Dort wurden sie von dem Besitzer ganz herzlich begrüßt: »Ihr Freund Fernandez ist auch hier heute Abend, Señor Cronrath, er wird in wenigen Minuten eintreffen.«

Nachdem sie mit dem ersten Glas Merlot angestoßen hatten, erschien Fernandez mit einem ihnen unbekannten Mann.

Michael umarmte seinen Freund und bat ihn und seinen Begleiter, am Tisch Platz zu nehmen.

»Darf ich euch Prof. Dr. Daniel Juan Lopez vorstellen. Er ist Professor an der Universität Buenos Aires und leitet die Medizinische Fakultät.«

»Es freut mich, Sie kennenzulernen. Ich bewundere Ihr Engagement für unsere Waisenkinder«, sagte Prof. Lopez in einem sehr guten Deutsch. Er hatte eine Zeit lang in Deutschland gelebt und in Berlin studiert.

»Prof. Lopez ist in Argentinien auch als ehemaliger Fußballer bekannt und für viele junge Menschen in seinem Land ein Vorbild«, erklärte Fernandez.

Das Gespräch während des Essens hatte die sozialen Missstände ihres Landes zum Inhalt. Alle waren sich einig darüber, dass die argentinische Oberschicht sich viel mehr für den sozialen Ausgleich engagieren müsste.

Prof. Lopez bot seine Hilfe bei der Errichtung der Schule an. Er werde Praktikanten aus seiner Fakultät dafür gewinnen, sich temporär für das Projekt zu engagieren.

Katja war beeindruckt, Prof. Lopez hatte eine besondere Ausstrahlung und sie fand ihn auch als Mann sehr interessant.

Nachdem er sich verabschiedet hatte, erzählte Fernandez,

dass Prof. Lopez seine Frau vor wenigen Monaten durch einen tragischen Unfall verloren hatte.

»Ich werde euch bei euren Projekten unterstützen, so gut es geht, während Katjas Schwangerschaft«, bot Fernandez an.

»Du bist doch ein Freund, auf den man sich immer verlassen kann. Wir nehmen deine Hilfe gerne an«, sagte Michael und umarmte ihn.

Mitten in der Nacht klingelte Michaels Handy. Schlaftrunken griff er danach und hörte eine ihm fremde Frauenstimme.

»Hallo, Señor Cronrath, hier spricht die Sekretärin von Señora Carmen da Silva. Ich muss Ihnen leider eine sehr schlimme Nachricht mitteilen: Die Señora ist heute bei einem Terroranschlag in der Metro von Madrid sehr schwer verletzt worden.«

Augenblicklich war Michael hellwach und setzte sich auf.

»Oh mein Gott, wie geht es ihr jetzt?«

»Sie schwebt noch immer in Lebensgefahr und wird in dieser Stunde operiert. Mehr kann ich Ihnen leider nicht sagen, Señor Cronrath.«

»Wo kann ich sie besuchen, in welchem Krankenhaus liegt sie?«, fragte Michael.

»Im Hospital Universitario Santa Cristina im Stadtteil Salamanca.«

Michael war den Tränen nahe, als er am frühen Morgen Katja informierte.

»Kannst du ein paar Tage ohne mich auskommen? Ich muss heute nach Madrid fliegen.«

Katja brachte ihn am Abend zum Airport und tröstete ihn während der Fahrt.

»Bitte melde dich, wenn du Näheres erfahren hast. Guten Flug, Papa.«

Michael war so aufgewühlt, dass er während des langen Fluges kaum in der Lage war zu schlafen. Erst gegen Morgen sank er erschöpft für eine kurze Dauer in einen Tiefschlaf.

Nach der Landung in Madrid fuhr er sofort zu der Universitätsklinik in Salamanca.

»Señora da Silva befindet sich auf der Intensivstation«, wurde ihm an der Rezeption mitgeteilt.

Dort erklärte ihm der anwesende Arzt, der auch die Operation durchgeführt hatte: »Señor Cronrath, da Sie kein direkter Angehöriger der Patientin sind, darf ich Ihnen keine Details über ihren Zustand mitteilen. Aber eines darf ich Ihnen zu Ihrer Beruhigung sagen: Sie ist nun außer Lebensgefahr und Sie dürfen sie kurz besuchen.«

Als Michael an ihrem Bett stand und die großen Verbände an ihren Beinen und an der Schulter sah, konnte er die Tränen nicht zurückhalten. Er musste an den Anschlag auf Maria Emilia denken und blickte in das blasse Gesicht von Carmen, die noch nicht aus der Narkose aufgewacht war.

»Señor Cronrath, bitte kommen Sie. Morgen Nachmittag wird sie wieder ansprechbar sein«, sagte die Nachtschwester und begleitete ihn auf den Flur der Station.

Michael nahm sich ein Zimmer im Hotel *Gran Meliá Fénix* neben der Plaza de Colón.

Als er mit Katja telefonierte, sprach sie ihm Mut zu.

»Carmen ist eine junge Frau und wird sich wieder erholen. Bleibe die nächsten Tage bei ihr. Sie wird deinen Beistand und deine Hilfe brauchen. Sei geküsst und ruhe dich von der Strapaze aus. Gute Nacht, Papa!«

»Mein Gott«, dachte Michael, »wie einsam wäre das Leben ohne Katja.«

Er fand in einen tiefen und langen Schlaf und fühlte sich am nächsten Morgen deutlich besser.

Nach dem Frühstück fuhr er mit dem Taxi zur Universitätsklinik. Als er mit einem Blumenstrauß das Zimmer betrat, befand sich schon ein Besucher dort, der am Bett saß und Carmen die Hand hielt.

Der Mann stand sofort auf, als er Michael erblickte, und trat vom Bett zurück.

»Hallo, Michael«, sagte Carmen, »das ist eine große Freude für mich, dich hier zu sehen.«

Michael beugte sich über sie und küsste sie auf ihre Stirn.

»Wie geht es dir, mein Liebling? Du siehst schon deutlich besser aus als gestern Abend.«

»Michael«, sagte sie mit leiser Stimme, »darf ich dir meinen Kollegen Pablo Luis Artego vorstellen?«

Zögerlich reichte Michael ihm die Hand und setzte sich an Carmens Krankenbett.

»Ja, ich darf mich dann verabschieden. Ich muss zurück in die Firma. Es war nett, Sie kennengelernt zu haben, Señor Cronrath. Carmen hat mir von Ihnen und Ihrem Engagement in Argentinien einiges erzählt.«

Als Pablo gegangen war, sagte Carmen mit leiser, schwacher Stimme: »Michael, ich bin so froh, dass du hier bist. Wenn man so etwas Schreckliches erlebt hat, fühlt man sich hilflos und allein.«

Später erzählte sie ihm von dem Anschlag, der ganz in der Nähe in einer Metrostation verübt wurde. Die Sprengsätze befanden sich drei Fahrgasträume von dem ihren entfernt. Deshalb traf sie nicht die volle Wucht der Explosion.

»Ich habe einen lauten Knall gehört, Scheiben zerbrachen und Menschen schrien verzweifelt. Dann wurde ich zu Boden geschleudert und ich verlor das Bewusstsein. Erst in der Klinik bin ich wieder zu mir gekommen und hatte starke Schmerzen in den Beinen und der Schulter«, erzählte Carmen. »Meine beiden Fußknöchel sind gebrochen und die rechte Schulter hat eine Fraktur. Mehrere Splitter mussten aus meinem Rücken entfernt werden.«

Michael, der aufmerksam ihrer Schilderung folgte, beugte sich über sie und küsste sie.

»Ich habe gehört, dass neun Menschen getötet und zahlreiche verletzt wurden. Du hattest einen Schutzengel, der dich vor Schlimmerem bewahrt hat. Ich werde bis auf Weiteres hier in Madrid bei dir bleiben. Katja hat mir freigegeben und mein Freund Fernandez wird sie unterstützen.«

»Michael, ich liebe dich sehr und du bist für mich der wichtigste Mensch auf der Welt.«

Nach kurzer Pause fügte sie hinzu: »Bitte mach dir keine Gedanken wegen Pablo. Er ist keine Gefahr für unsere Liebe.«

Am Abend fuhr er ins *Gran Meliá Fénix* und nahm das Abendessen auf der Terrasse des Hotels ein, die zur Plaza de Colón gelegen war.

Das quirlige Leben der Hauptstadt lenkte ihn etwas ab von dem Unglück, das Carmen widerfahren war. Er war voller Hoffnung, dass sie wieder ganz genesen würde und am Leben wie bisher teilhaben könnte.

Ohne sie und Katja fühlte er sich etwas verlassen und einsam.

»Mein Gott, wie habe ich das früher auf all meinen Geschäftsreisen eigentlich ausgehalten, wenn ich wochenlang unterwegs war?«, dachte er, als er schon früh am Abend im Hotelzimmer Ruhe suchte.

Er fragte sich, welche Rolle der Kollege Pablo wohl in Carmens Leben spielte, und es beunruhigte ihn, dass er dies nicht einschätzen konnte. War sie deshalb bisher nicht zu ihm nach Buenos Aires gekommen?

Er beschloss, ein Gespräch mit Pablo zu führen, um Klarheit darüber zu erlangen.

Am nächsten Morgen vereinbarte er einen Termin mit ihm in der Firma Quentes.

Pablo reichte ihm freudig die Hand und betonte, dass er auch Klarheit haben wolle.

»Carmen und ich sind uns in Shanghai sehr nahe gekommen und haben wunderbare Nächte miteinander verlebt. Ich habe das Gefühl, dass wir eine gemeinsame Zukunft haben werden«, sagte er.

Dass Carmen ihm nach der einen Nacht in Shanghai eine klare Absage erteilt hatte, verschwieg er. Vielmehr wollte er den Eindruck erwecken, dass sie ein Paar wären.

»Tut mir leid für Sie, Señor Cronrath, aber Carmen hat mit mir eine Zukunft, auch hier gemeinsam im Konzern.«

Michael war sehr nachdenklich geworden, als er sich von Pablo verabschiedete und in die Klinik fuhr.

Sollte er sich so getäuscht haben? Würde Carmen ihn so hintergehen und ihm etwas vorgaukeln?

Carmen war nicht in ihrem Zimmer und die Schwester erklärte ihm, dass sie im Röntgenraum sei.

Während er neben dem leeren Krankenbett saß und wartete, fiel ihm ein Brief auf, der auf dem Nachtschrank lag.

»Liebste Carmen«, lautete die Anrede, und er konnte nicht umhin, den Brief an sich zu nehmen und zu lesen.

Er war von Pablo. Er beteuerte ihr darin seine Liebe und erklärte, dass er sich auf eine gemeinsame Zukunft mit ihr freue.

Michael hörte Stimmen im Flur und legte den Brief schnell zurück. Er wurde sehr traurig.

Sollte dies das Aus ihrer Beziehung bedeuten, die sich so hoffnungsvoll in Buenos Aires entwickelt hatte?

Als Carmen in einem Rollstuhl hereingebracht wurde, ließ er sich nichts anmerken. Aber sein Entschluss war gefasst: Er wollte dieser Beziehung nicht im Wege stehen.

Sie lächelte ihn an. »Hallo, Michael, die Aufnahmen zeigen eine gute Heilung der Frakturen und ich kann nächste Woche schon mit der Reha anfangen.«

»Oh, das ist schön für dich. Ich muss auch dringend nach Buenos Aires zurück. Katja braucht mich dort«, antwortete er.

Eine Weile saß er schweigend an ihrem Bett. Er brachte es nicht fertig, ihr in ihrer jetzigen Situation seinen Entschluss mitzuteilen.

Am nächsten Tag flog er mit der Iberia zurück nach Buenos Aires, und während des langen Fluges kreisten seine Gedanken um Carmen und um die Frage, wie er mit der neuen Situation umgehen wollte.

Katja würde er nicht einweihen. Sie hatte jetzt aufgrund der Schwangerschaft und ihrer Arbeit genügend mit sich selbst zu tun. Michael wollte sie damit nicht zusätzlich belasten.

Seine Tochter holte ihn am Aeropuerto de Ezeiza in Buenos Aires ab.

»Wie geht es Carmen? Warum bist du schon zurück? Ich hatte dich erst am Wochenende erwartet«, fragte sie ihn gut gelaunt.

»Carmen hat sich schneller erholt als anfangs angenommen und sie wünscht dir alles Gute in der Zeit der Schwangerschaft«, antwortete Michael.

»Apropos Schwangerschaft. Ich hatte gestern ein Gespräch im Ministerium und habe dort Diego Monterra getroffen. Er sprach mich wegen meiner Schwangerschaft an und fragte mich unverblümt, wer der Vater des Kindes wäre. Ich habe ihm ohne Umschweife erklärt, dass er der Vater sei und ich keine Ansprüche an ihn stellen werde. Er war sichtlich betroffen und hat wohl Angst, dass seine Vaterschaft ihm politisch schaden könne. Er machte mir sogar Vorwürfe, weil ich ihn nicht in die Entscheidung, das Kind austragen zu wollen, mit eingebunden habe.«

»Typisch Politiker, stellen nur ihr eigenes Ansehen und Vorwärtskommen in den Mittelpunkt. Aber das soll uns nicht daran hindern, uns auf das Kind zu freuen. Gibt es schon Hinweise, ob Junge oder Mädchen?«

»Nach allem, was man jetzt im Ultraschall sehen kann, wird es ein Junge. Nächste Woche werden wir Gewissheit darüber haben.«

»Ach, Katja, das wäre für mich die Erfüllung meiner Träume. Ein Stammhalter, der die Familie in die Zukunft führen wird und vielleicht unser Erbe hier fortführen wird.«

Katja lachte. »Ja, ihr Männer, ihr denkt immer direkt an die großen Dinge der Zukunft. Ich freue mich auf das Kind und werde ihm alle meine Liebe schenken, und ich bin sicher, du wirst ihm ein sehr guter Großvater sein.«

Michael war dankbar, so eine Tochter zu haben, und vergaß die Dinge, die sich in Madrid ereignet hatten.

Beide kümmerten sich jetzt verstärkt um die Schule, die dem Kinderheim in Buenos Aires angegliedert werden sollte. Dabei verfestigte sich ihr Eindruck, dass das Vorhaben seitens des Ministeriums immer mehr hinterfragt wurde und die ursprüngliche Planung in Zweifel gezogen wurde.

Auch Prof. Daniel Juan Lopez, den sie für die Errichtung der Schule gewinnen konnten, spürte die Zurückhaltung im Ministerium. Bei einem Treffen mit Katja und Michael fragte er nach dem Grund dieser Entwicklung. Katja wich ihm zunächst aus.

Prof. Lopez sah ihr an, dass etwas nicht stimmte, und sagte nach kurzem Schweigen zu ihr: »Meine Quellen im Ministerium berichten mir, dass der Staatssekretär mit Ihrer Arbeit nicht zufrieden sei und dass persönliche Differenzen mit Ihnen, Katja, eine weitere Ursache dafür wären. Ich kann mir das nicht erklären, da er vorher voll des Lobes war, wenn er von Ihnen sprach. Was ist passiert?«

Michael und Katja sahen sich an und überlegten, welche Antwort jetzt angemessen wäre.

Bevor Katja antworten konnte, sagte Michael: »Ganz einfach, er ist der Vater des Kindes, das Katja erwartet, und das ist anscheinend seine Art, sich zu rächen, weil sie sich für das Kind entschieden hat.«

Prof. Lopez sah beide an und reichte Katja die Hände. »Herzlichen Glückwunsch, dass Sie sich für das Leben entschieden haben. Ich werde mich um die Sache kümmern, wenn Sie es wollen. Der Minister ist ein Onkel von mir und er wird die Angelegenheit deutlich, aber mit aller Diskretion klären.«

Die beiden bedankten sich überschwänglich bei ihm und Katja war bei dieser Begegnung erneut von dem Menschen Daniel Juan Lopez sehr angetan.

In der Zukunft gab es keine Widerstände mehr aus dem Ministerium. Ganz im Gegenteil, es lief deutlich besser als bisher und die Baumaßnahmen für die Schule wurden zügig begonnen.

Michaels Freund Fernandez schaltete sich ebenfalls ein, wenn es Probleme gab. Er hatte einen großen Kunden dafür gewinnen können, das gesamte Mobiliar zu spenden.

Carmen da Silva war über die überstürzte Abreise von Michael etwas erstaunt gewesen. »Er wird jetzt in Buenos Aires gebraucht, zumal Katja während ihrer Schwangerschaft mehr Erholung benötigt«, dachte sie.

Inzwischen befand sie sich in einer Rehaklinik in Toledo. Die Klinik war sehr bekannt und auch Spitzensportler wurden hier behandelt.

Carmen machte gute Fortschritte und konnte in der zweiten Woche ihres Aufenthaltes schon kurze Strecken in der Stadt zurücklegen.

Toledo, eine der drei historischen Metropolen in der Umgebung von Madrid, war ehemals die Hauptstadt Spaniens. Die historische Altstadt mit dem Alcazár und der Kathedrale Santa Maria sind Zeugen dieser Vergangenheit.

Carmen fand in dieser Umgebung wieder ihre innere Ruhe und konnte beim Besuch der Kathedrale ihre Ängste, die seit dem schrecklichen Anschlag ihr Inneres erfasst hatten, langsam abbauen.

Manchmal dachte sie an Michael und an ihre Zukunft, sowohl in persönlicher als auch in beruflicher Hinsicht. War der Weg, den sie bisher zurückgelegt hatte, der Aufstieg im Konzern, wirklich das, was sie erfüllte? Hatte sie bisher überhaupt ihr Lebensglück gefunden?

Mit all diesen Fragen war sie in Toledo beschäftigt, als ein Anruf von Pablo sie erreichte, der ankündigte, sie besuchen zu wollen. Doch Carmen bat ihn, in der nächsten Zeit keinen Kontakt mehr zu ihr aufzunehmen. Sie beschloss, ihren Aufenthalt in Toledo um zwei Wochen zu verlängern, und sagte alle Termine in der Firma Quentes ab.

Carmen hatte zunehmend Sehnsucht nach Michael und Buenos Aires. Täglich wartete sie auf einen Anruf von ihm und war ein wenig enttäuscht darüber, dass er sich nicht bei ihr meldete.

Schließlich beschloss sie, Katja anzurufen und mit ihr die Situation zu besprechen.

»Hola, Carmen! Wie geht es dir mit deiner Rehabilitation, oder bist du schon zurück in Madrid?«, fragte Katja am Telefon.

»Mir geht es körperlich schon viel besser und ich unternehme einiges hier in Toledo. Ich hoffe, dir geht es gut in der Schwangerschaft«, antwortete sie. Nach kurzem Schweigen fügte sie hinzu: »Mir fehlt Michael und ich vermisse ihn sehr. Leider hat er sich nach dem Besuch in Madrid nicht mehr bei mir gemeldet. Ich verstehe sein Verhalten nicht. Was ist los mit ihm? Katja, vielleicht kannst du mir eine Erklärung dafür geben?«

Katja antwortete ihr, dass Michael sehr traurig und niedergeschlagen aus Madrid zurückgekehrt war. »Erst wollte er mir nichts erzählen, weil er mich nicht damit belasten wollte, aber ich hatte gemerkt, dass ihn etwas bedrückt. Schließlich berichtete er mir von einem Gespräch mit deinem Kollegen. Er hatte dabei den Eindruck, dass Pablo dich für sich gewonnen hat und Michael sich nun aus deinem Leben zurückziehen müsse.«

Carmen war entsetzt.

»Katja, das Gegenteil ist der Fall! Ich hatte Pablo unmissverständlich erklärt, dass es für uns keine gemeinsame Zukunft, außer im beruflichen Sektor, geben würde. Das ist eine Schmierenkomödie, die Pablo da inszeniert hat. Wie konnte Michael ihm das glauben?«

Katja empfahl ihr, Michael anzurufen und das Missverständnis aufzuklären. »Ich bin sicher, dass er dich liebt und Sehnsucht nach dir hat. Er befindet sich gerade nicht in Buenos Aires, aber morgen ist er zurück.«

Carmen war froh, sich Katja anvertraut zu haben. Sie verstanden sich wie zwei Schwestern. Und Katja wünschte sich sehr, dass die beiden ein Paar würden und Carmen nach Buenos Aires kommen würde.

Als das Telefon in Michaels Loft in Recoleta klingelte, glaubte er zunächst, dass es seine Tochter wäre, und er war überrascht, als er die Stimme von Carmen vernahm.

»Hallo, Michael, ich hoffe, es geht dir gut. Ich muss zunächst ein großes Missverständnis ausräumen, das zwischen uns beiden steht.«

Michael hörte sich alles an, was Carmen ihm über das intrigante Verhalten von Pablo berichtete, er war ergriffen und schämte sich.

»Carmen, wie konnte ich ihm mehr glauben als dir? Ich

bitte dich um Verzeihung und ich schäme mich für mein Verhalten. Mit dir habe ich die Liebe wiedergefunden und deshalb waren die letzten Wochen unsagbar schwer für mich. Ich liebe dich, Carmen.«

Beide waren sichtlich erleichtert, dass nun endlich Klarheit herrschte und sie sich ihrer gegenseitigen Liebe sicher sein konnten.

»Michael, ich muss in den nächsten Wochen mit dem Aufsichtsrat meinen weiteren Weg im Konzern klären. Das Projekt in Mexiko soll mein Kollege Pablo allein stemmen. Mit ihm kann ich jetzt nicht mehr zusammenarbeiten.

Sobald ich wieder in Madrid bin, melde ich mich bei dir. Ich umarme und küsse dich, mi Amor!«

Bei der Aufsichtsratssitzung von Quentes standen, neben dem Bericht des Vorstandes, personelle Veränderungen auf der Tagesordnung.

Pablo Luis Artego wurde auf eigenen Antrag in die Niederlassung nach Mexiko versetzt, wo er fortan die Leitung übernehmen sollte.

Carmen da Silva wurde auf eigenen Wunsch ab dem nächsten Geschäftsjahr nach Buenos Aires versetzt, um dort die Leitung der Niederlassung für Argentinien, Chile und Brasilien zu übernehmen. Sie bat darum, dass ihre Abfindung als Vorsitzende des Vorstandes in der Höhe eines Jahresgehaltes als Spende an das Kinderheim und die Schule in Buenos Aires ausgezahlt werde. Vom Aufsichtsrat erhielt sie den Auftrag, innerhalb eines halben Jahres ihren Nachfolger in die bestehenden Projekte in Übersee einzuarbeiten.

In den folgenden Monaten war Carmen mit der Übergabe beschäftigt. Mitten in diese arbeitsreiche Zeit platzte ein Anruf von Fernandez, der die unmittelbar bevorstehende Geburt von Katjas Baby ankündigte.

Unter dem Vorwand dringender Geschäfte in Argentinien flog sie am nächsten Tag nach Buenos Aires.

Fernandez holte sie am Flughafen ab.

»Da werden die beiden aber überrascht sein … oder, besser gesagt, die drei. Katja hat heute Morgen einen Jungen geboren. Mutter und Kind sind wohlauf«, erzählte Fernandez mit sichtlicher Freude.

Katja hatte die Uniklinik von Prof. Lopez für die Geburt ihres Kindes ausgewählt. Hier konnte sie mit optimaler Betreuung rechnen und war entspannt in die Klinik gefahren, als die Wehen sich ankündigten.

Nach einigen Untersuchungen war klar, dass ein Kaiserschnitt notwendig war, den Prof. Lopez selbst vornahm. Ohne Komplikationen kam ein gesunder Junge zur Welt.

Als Michael zwei Stunden später Katjas Zimmer betrat und seinen Enkel in den Arm nehmen durfte, strahlte er vor Freude.

Dann öffnete sich die Tür und sein Freund Fernandez kam herein, gefolgt von Carmen.

»Das ist eine Überraschung, Carmen! Mit dir haben wir nicht gerechnet«, sagte Michael und legte seinen Stammhalter zurück in Katjas Arme.

»Gott, ist das ein süßes Kind«, freute sich Carmen und gratulierte Katja.

Michael, der immer noch sehr überrascht war, nahm Carmen in seine Arme. »Jetzt ist unsere Familie komplett.«

Beiden rannen Tränen der Freude über die Wangen und alle bestaunten den Neugeborenen.

»Wie soll er denn heißen?«, fragte Carmen.

»Alejandro Juan«, antwortete Katja überglücklich, und als Prof. Lopez das Zimmer betrat, bemerkte sie die Freude in seinem Gesicht.

»Mutter und Kind sind gesund und munter, herzlichen Glückwunsch zu diesem prächtigen Jungen, liebe Katja«, sagte der Professor und reichte Mutter und Großvater die Hand.

Katja bemerkte, dass er sie zum ersten Mal mit ihrem Vornamen angesprochen hatte, und sagte: »Kunststück, wenn man von einem solch erfahrenen Arzt betreut wird, da kann eine Geburt Spaß machen.«

Katja sollte fünf Tage in der Klinik bleiben, um sich von dem Kaiserschnitt zu erholen. Stillen, schlafen und wickeln, das war jetzt ihr Tagesablauf.

Carmen wohnte indessen bei Michael und beide verbrachten wundervolle Tage miteinander. Ihre Gefühle waren neu entfacht und die Nächte waren so intensiv wie beim ersten Kennenlernen.

Manchmal schliefen sie erst gegen Morgen ein und fanden totale Erfüllung in ihrer Liebe. Carmen gab sich Michael mit einer Leidenschaft hin, die sich bei jeder Berührung neu entfachte, und führte sie beide in eine neue Glückseligkeit.

Sie sprachen nicht über ihre Zukunft, sondern lebten im Heute. Alles Weitere wollten sie später klären, wenn Carmen die Stelle in Buenos Aires antreten würde.

Als Katja am dritten Tag nach der Geburt im Krankenhaus erwachte und ihren Sohn stillen wollte, war das Kinderbett neben ihr leer.

»Wahrscheinlich hat die Nachtschwester das Baby in das Stationszimmer mitgenommen«, war ihr erster Gedanke und sie betätigte die Klingel.

»Ich war das letzte Mal vor einer Stunde in Ihrem Zimmer, da lag der Kleine noch in seinem Bettchen«, erklärte die Schwester und war sehr verwundert. Nach kurzem Überlegen und einigen Telefonaten stand fest, dass der kleine Alejandro wohl entführt worden war.

Als Katja die Situation realisiert hatte, erfasste sie ein tiefer Schmerz und sie schrie verzweifelt: »Ich will mein Kind zurück, gebt mir mein Kind!« Ihre Verzweiflung steigerte sich immer mehr, und als ihr Vater schließlich mit Carmen eintraf, war sie völlig aufgelöst.

»Papa, bitte hilf mir«, rief sie und warf sich in die Arme ihres Vaters.

»Liebes, es wird sich alles aufklären. In wenigen Minuten wird die Polizei hier sein und man wird deinen Sohn suchen«, tröstete Michael sie.

Auch Prof. Lopez war inzwischen im Zimmer eingetroffen. Man sah ihm seine Erschütterung und seine Betroffenheit an, als er erklärte: »Ich habe schon entsprechende Umfragen im Bereich unseres Personals gestartet und angeordnet, die Überwachungskameras, die an den Ein- und Ausgängen im ganzen Haus installiert sind, auszuwerten.«

Er gab Katja eine Beruhigungsspritze und setzte sich an ihr Bett.

»Sie wird jetzt einige Stunden schlafen. Ich hoffe, dass wir ihr helfen können und ihr Sohn bald wieder bei ihr sein wird«, sagte Prof. Lopez.

Alle Anwesenden waren sehr betroffen und ratlos.

Carmen und Michael beschlossen, den ganzen Tag bei Katja zu bleiben und auch bei ihr im Zimmer zu übernachten.

Als es kurz vor Mitternacht an der Türe klopfte, kam Prof. Lopez herein und bat Michael, ihm in sein Büro zu folgen.

Er zeigte Michael zwei Aufnahmen der Überwachungskameras, auf denen ein Mann zu sehen war, der ein Baby auf dem Arm trug, das in eine Decke gewickelt war.

»Wir haben klären können, dass in diesem Zeitraum keine Neuaufnahme stattfand und auch kein Kleinkind entlassen wurde. Es ist also sicher: Hier haben wir den Entführer vor uns. Die Polizei fahndet schon intensiv nach dieser Person. Ich habe den Polizeipräsidenten persönlich darum gebeten, sich um diesen Fall zu kümmern«, erklärte Lopez und gab Michael Kopien der Bilder, um diese am Morgen Katja zeigen zu können.

Michael kehrte ins Zimmer zurück, wo Carmen und Katja noch fest schliefen. Unruhig schlief auch er ein.

Gegen Morgen wurden sie von der Nachtschwester geweckt, die nach Katja schauen wollte. Als alle wach waren, zeigte Michael seiner Tochter die Bilder. »Hast du diese Person irgendwann einmal gesehen? Oder kommt dir der Mann bekannt vor?«

Katja studierte aufmerksam die Bilder und wurde ganz unruhig. »Diesen Menschen habe ich schon mal gesehen. Ja, ich erinnere mich ganz genau. Es war im Ministerium bei einem Gespräch mit Staatssekretär Diego Monterra, es ist sein Chauffeur. Mein Gott, sollte er …« Sie wollte ihre Gedanken nicht aussprechen.

Michael verständigte sofort die Polizei, die dem Hinweis nachging. Eine halbe Stunde später klopfte es an der Zimmertür und zu aller Erstaunen trat Diego Monterra ins Zimmer.

»Mein Gott, Katja, das ist ja schrecklich, was mit deinem … oder mit unserem Jungen geschehen ist.«

Alle schauten ihn misstrauisch an. Aber Diego Monterra sprach sofort weiter: »Mein Fahrer, oder konkreter, dessen Frau hatte schon einmal vor mehreren Jahren ein Kind entführt. Sie kann keine eigenen bekommen. Ich kenne ihren Aufenthaltsort, nahe Buenos Aires haben sie eine kleine Farm.«

Prof. Lopez, der auch ins Zimmer gekommen war, unterbrach ihn: »Wir müssen sofort dorthin aufbrechen, damit das Kind ohne Schaden bleibt, und bevor es womöglich an einen anderen Ort gebracht wird!« Er bot sich an, mitzufahren, für den Fall, dass eine sofortige ärztliche Versorgung notwendig sein würde.

»Gut, dann fahren wir mit meinem Wagen. Ich kenne den Weg«, sagte Diego Monterra.

Carmen und Michael blieben bei Katja, um sie etwas abzulenken und ihr die Angst zu nehmen.

Diego Monterra fuhr durch die Innenstadt in Richtung Ausfallstraße nach Westen. Seinen schweren Geländewagen musste er ein paar Mal stark abbremsen, um einen Auffahrunfall zu vermeiden.

Prof. Lopez spürte seine Betroffenheit und sprach ihn darauf an.

»Es geht um mein Kind«, entgegnete Diego, »auch wenn ich ihm, aufgrund meiner Familie, kein Vater sein kann.

Es würde eine komplette, ich darf sagen, eine glückliche Familie zerstören.«

Prof. Lopez, der ihm aufmerksam zugehört hatte, fragte ihn: »Lieben Sie Katja noch? Gibt es noch eine Beziehung zwischen Ihnen?«

Er schüttelte den Kopf. »Katja war mir sehr nahe. Sie wusste nichts von meiner Familie, das war mein großer Fehler. Ich wollte sie einfach haben und habe dabei das Ende nicht bedacht. Um Ihre Frage zu beantworten: Nein, wir haben keine Beziehung mehr und ich habe sie nicht dabei unterstützt, sich für das Kind zu entscheiden. Ich weiß, das war egoistisch und schändlich von mir. Nun hoffe ich sehr, dass der Junge wohlauf ist.«

Sie bogen in den Hof der Farm ein und eilten zum Haus. Als ihnen geöffnet wurde, stand der Fahrer von Diego im Flur und schaute seinen Chef ganz überrascht an. »Señor Monterra, was machen Sie hier?«

»Wir wollen sofort zu dem entführten Kind, aber subito, wenn du deinen Job im Ministerium behalten willst!«

Der Chauffeur zeigte ihnen den Weg in ein kleines Zimmer, in dessen Mitte eine Kinderwiege stand.

Prof. Lopez sah sich das Baby an und untersuchte es kurz.

»Es ist wohlauf, wir können es ins Auto bringen«, sagte er und nahm das Kind in seine Arme.

Als sie gehen wollten, stand plötzlich eine Frau vor ihnen und richtete ein Gewehr auf Prof. Lopez.

»Legen Sie sofort das Kind wieder zurück in die Wiege oder ich drücke ab, dann sind Sie und das Kind tot!«

Ihr Mann schrie sie an: »Nimm sofort die Waffe runter und gib den Weg frei. Bist du wahnsinnig geworden?«

»Das Kind sofort in die Wiege und dann verschwindet ihr,

oder ich schieße!«, schrie sie erneut mit schriller Stimme, und es sah so aus, als ob sie es wirklich ernst meinte.

Aus den Augenwinkeln sah Prof. Lopez eine Bewegung im Flur und erkannte eine Polizeiuniform. Instinktiv ließ er sich mit dem Kind zur Seite fallen.

Der Schuss aus der großkalibrigen Polizeiwaffe traf die Frau in die Brust und ihr Gewehr fiel zu Boden.

»Mein Gott«, rief ihr Mann, »das musste ja einmal passieren!«, und begann zu weinen.

Prof. Lopez übergab das Kind Diego Monterra und kniete sich neben die Verletzte.

Nachdem er Puls und Herzschlag abgetastet hatte und kein Atem mehr zu spüren war, konnte er nur noch ihren Tod feststellen.

»Wir müssen schnellstens zurück ins Krankenhaus. Das Kind muss gestillt werden, damit es nicht austrocknet«, erklärte er den Beamten.

Diego informierte Katja telefonisch über die Situation und kündigte ihre baldige Ankunft in der Klinik an. Dort wurde alles für eine gründliche Untersuchung des Kindes vorbereitet.

Nachdem vom Ärzteteam Entwarnung kam, versammelten sich alle im Krankenzimmer.

»Katja, ich bin so froh, dass alles so glimpflich ausgegangen ist«, beteuerte Diego Monterra. »Prof. Lopez gebührt ein ganz besonderer Dank! Er hat sich mit seinem Leib und Leben der Verrückten entgegengestellt und das Kind aus der Schusslinie gebracht.«

»Ach, das ist doch meine tägliche Aufgabe, Menschenleben zu retten«, entgegnete Prof. Lopez und fügte hinzu:

»Ich habe es für Katja und ihr Kind getan, weil mir beide sehr am Herzen liegen.«

Katja war davon sehr berührt. Sie nahm Prof. Lopez in ihre Arme, und überwältigt von Gefühlen der Erleichterung küsste sie ihn.

»Danke euch beiden«, flüsterte sie und ließ ihren Tränen nun freien Lauf.

Aufgrund der Vorkommnisse mussten Katja und das Baby zwei Tage länger in der Klinik bleiben.

Am letzten Abend besuchte sie, außerhalb der täglichen Visite, Prof. Daniel Juan Lopez und setzte sich zur ihr ans Bett.

Er sah sie an und seine Stimme klang ein wenig feierlich. »Liebe Katja, es waren sicherlich aufregende Tage für dich hier im Klinikum. Ich hoffe, du hast die Entführung und die Aufregung, die damit verbunden war, mittlerweile verkraftet.

Ich hatte in diesen Tagen die Gelegenheit, dich noch etwas näher kennenzulernen. Dabei haben sich meine Gefühle, die ich schon vorher für dich hatte, verstärkt. Katja, ich liebe dich und würde sehr gerne mit dir zusammen sein.«

Katja, die insgeheim auf eine solche Liebeserklärung gehofft hatte, nahm seine Hände und strahlte ihn an. »Daniel, schon bei unserem ersten Zusammentreffen spürte ich eine große Zuneigung zu dir. Am Anfang konnte ich mir diese spontane Reaktion nicht erklären, aber jetzt weiß ich, du bist ein toller Mensch, das hast du auch bei der Entführung gezeigt. Auch ich liebe dich und würde gerne mit dir mein Leben verbringen.«

Beide saßen noch lange zusammen und sprachen auch

über das Baby. Daniel liebte Kinder und er versicherte ihr, dass er ihren Jungen annehmen würde wie ein eigenes Kind.

Am darauffolgenden Sonntag fanden sich alle in Michaels Loft zusammen. Er hatte mit Carmen zusammen Tapas vorbereitet und einen guten Merlot aus Mendoza ausgeschenkt.

Katja, die in Begleitung von Prof. Lopez gekommen war, erhob sich. »Ich muss euch zunächst eine große Neuigkeit mitteilen, die mein Leben ändern wird.« Sie reichte Prof. Lopez ihre Hand und fuhr fort: »Daniel und ich lieben uns und wir haben beschlossen, ein gemeinsames Leben zu führen.«

Carmen und Michael beglückwünschten beide und alle fühlten sich als Teil einer großen Familie.

Während des Essens unterhielten sie sich über die Zukunft und über das Kinderheim in Buenos Aires.

»Habt ihr denn inzwischen eine Leiterin für die Schule, die jetzt am Kinderheim gebaut wird, gefunden?«, wollte Daniel von Michael wissen.

»Nein, es ist sehr schwer, eine Person zu finden, die eine entsprechende Qualifikation hat und mit einem geringen Gehalt zufrieden ist. Aber wir haben ja noch ein paar Monate Zeit für die Suche«, erklärte Michael.

Carmen informierte nun alle über ihre Situation im Konzern. »Ich werde definitiv in drei Monaten nach Buenos Aires zurückkehren und mit Michael hier zusammen leben.«

»Dann suchen wir uns ein schönes Haus, in dem wir alle gemeinsam wohnen können«, sagte Katja und jeder war davon begeistert.

Carmen flog am nächsten Tag mit der Iberia zurück nach Madrid. Alle waren etwas traurig, aber es sollte ja nur ein Abschied auf Zeit sein.

– *Drei Monate später* –

Es war ein wunderschöner Tag am Ende des Frühlings. Alles war grün und die Jacaranda-Bäume im Park neben dem großen Friedhof von Recoleta blühten prachtvoll und purpurfarben. Sie verbreiteten einen angenehm süßlichen Duft.

In der ganz in Weiß gehaltenen Basilica de Nuestra Señora del Pilar hatte sich eine Hochzeitsgesellschaft versammelt. Vor dem Hauptaltar, der mit ziseliertem Silber ausgelegt war, knieten zwei Paare.

Es waren Michael Cronrath mit Carmen da Silva und rechts von ihnen Katja Cronrath mit Prof. Dr. Daniel Juan Lopez, die eingerahmt wurden von einem Chor der Kinder aus den Kinderheimen.

Carmen war gekleidet in ein langes, eng anliegendes, pastellfarbenes Kleid mit einem Schleier. Katja trug ein weißes, schulterfreies Spitzenkleid und einen Blumenschmuck im Haar. Beide sahen bezaubernd aus und strahlten voller Glück.

Nach dem Chorstück »I Will Follow Him«, welches sich Katja gewünscht hatte, folgte die Trauungszeremonie. Beim Auszug aus der Kirche, die voll besetzt war, sang der Chor »Oh Happy Day«.

Vor der Basilika standen die Kinder und streuten Blumen. Jorge ließ zwei weiße Tauben fliegen, die lange über der Kirche kreisten. Nachdem die Brautpaare die Glückwünsche der Gäste entgegengenommen hatten, fuhren sie in einer offenen Limousine, die herrlich geschmückt war, zum Hotel *Alvear Palace* in Recoleta. Das Hotel befand sich in einem historischen Gebäude mit viel Flair.

Die Feier fand im Restaurant *L'Orangerie* statt. Der Marmorboden und die riesigen Kristallleuchter an der Decke vermittelten eine noble, feierliche Stimmung. Dort hatten über hundert Personen Platz genommen, als Michael eine Rede an die Gäste hielt.

»Liebe Hochzeitsgäste, heute geht für mich und auch für Katja ein Traum in Erfüllung. Wir haben beide das Glück unseres Lebens gefunden, mit dem ich persönlich, nach allem, was ich erleben musste, nicht mehr gerechnet hatte. Ich glaube, meiner Tochter Katja ging es ebenso. Zudem haben wir beide hier in Argentinien eine neue Heimat gefunden und mit den Kinderheimen eine soziale Aufgabe, die uns glücklich macht. Wir sind sehr dankbar dafür, dass unsere Ehepartner uns bei dieser sozialen Aufgabe unterstützen.«

Nachdem er allen eine schöne Feier gewünscht hatte, begann das Hochzeitsessen mit verschiedenen Tapas. Für das Hauptgericht war ein argentinisches Rind aus der Pampa am Spieß gegrillt worden. Die Weine kamen allesamt aus Mendoza, von der Bodega, die Esther und ihren Brüdern gehörte.

Nach dem Essen sprach der Staatssekretär Diego Monterra, der stellvertretend für die Regierung anwesend war. Er bedankte sich für das soziale Engagement, das der Unternehmer Cronrath und seine Tochter in Argentinien für die armen Straßenkinder erbracht hatten, und versprach, ihre Projekte auch langfristig zu unterstützen.

Am späten Abend saßen die beiden Brautpaare mit Fernandez, Jorge, Esther und einigen Geschäftspartnern aus Frankfurt zusammen, um die Feier ausklingen zu lassen. Im Kinderbettchen daneben lag Katjas Sohn im tiefen Schlaf.

In der Runde wurden Erinnerungen ausgetauscht und die Zukunft besprochen. Alle waren von Glück erfüllt, denn die Doppelhochzeit, bei der Vater und Tochter vermählt wurden, war ein besonderer Moment.

Erst gegen Morgen suchten sie ihre Zimmer im Hotel auf und Michael nahm Carmen in seine Arme. »Carmen, heute war der schönste Tag in meinem Leben. Du bist ein Geschenk für mich und ich bin so froh, dass auch Katja ihr Lebensglück gefunden hat.«

Sie liebten sich leidenschaftlich und es brach bereits der Morgen an, als sie eng umschlungen einschliefen.

– Drei Jahre später –

Katja und ihr Sohn Alejandro saßen in einem parkähnlichen Garten, der zu einer prachtvollen Villa gehörte. Sie hatte in der Mitte einen dreistöckigen Turm, der eine Art Eingangsportal bildete und an den sich in U-Form zwei Hauseinheiten anschlossen. Das komplette Gebäude wirkte wie ein kleines Schloss. Von der großen Terrasse hatte man einen wunderschönen Blick auf den Rio de la Plata.

Carmen, die aus dem Haus kam, setzte sich neben Katja.

»Juan, bitte komm doch zu uns herüber und spiele etwas mit Alejandro, er wird sich freuen«, rief sie einem kleinen Jungen zu, der gleichaltrig mit Alejandro war. Carmen und

Michael hatten den Jungen, der als Straßenkind im Kinderheim lebte, adoptiert. Er hatte eine braune Hautfarbe und stammte aus einer gemischten Ehe. Die Eltern kamen bei einem Autounfall ums Leben und er wurde von seinen Verwandten nicht aufgenommen.

Als Michaels Auto in die Einfahrt einbog, stürmten beide Kinder auf ihn zu, denn manchmal brachte er eine Kleinigkeit zum Spielen mit.

Er nahm beide Jungen auf seine Arme und setzte sie auf die Bank, die auf der Terrasse stand. Sie ließen ihm keine Ruhe, bis er mit ihnen spielte. Michael übernahm sehr gerne diese Rolle in der großen Familie, die nun in diesem Haus zusammen lebte.

Carmen hatte inzwischen ihren Job bei Quentes in Südamerika aufgegeben und eine Abfindung im sechsstelligen Bereich erhalten. Die Hälfte davon hatte sie für die Schule am Kinderheim in Buenos Aires gespendet, wo sie nun auch die Leitung, natürlich unentgeltlich, übernommen hatte.

Daniel und Katja wechselten sich in der Leitung der Kinderheime in Buenos Aires und La Plata ab, sodass Daniel auch noch an der Universitätsklinik tätig sein konnte, wo er sich mit der Forschung im Bereich Kinderkrankheiten beschäftigte.

Ihr Engagement machte auch in anderen südamerikanischen Ländern, wie zum Beispiel in Chile und Brasilien, Schule.

UNICEF, die Kinderhilfsorganisation der Vereinten Nationen, bezeichnet Kinderheimprojekte als besonderes Beispiel dafür, dass die vermögende Oberschicht sich mehr sozial engagieren muss, um die ärmsten der Kinder auf der Welt zu unterstützen.

Konklusion
Es gibt viele Möglichkeiten, die Welt zu verbessern. Die Hilfe für Straßenkinder schafft Orte, an denen Kinder wieder Kinder sein können und ohne Angst, Hunger und Erniedrigung leben können!